असग़र वजाहत

विख्यात साहित्यकार असग़र वजाहत बहुआयामी व्यक्तित्व हैं जिनके अनेक उपन्यास, नाटक, निबन्ध, कहानी-संग्रह और यात्रा-वृत्तान्त प्रकाशित हो चुके हैं। लम्बे अरसे तक वे जामिया मिल्लिया विश्वविद्यालय के हिन्दी विभाग में प्रोफ़ेसर और अध्यक्ष के पद पर कार्यरत रहे। 2009-10 में हिन्दी अकादमी द्वारा उन्हें 'श्रेष्ठ नाटककार' और 2012 में 'आचार्य निरंजननाथ सम्मान' से अलंकृत किया गया। उन्हें रंगमंच और नाट्य लेखन के लिए 2014 में 'संगीत नाटक अकादमी अवार्ड' और वर्ष 2016 में दिल्ली हिन्दी अकादमी का सर्वोच्च 'शलाका सम्मान' दिया गया। गहरी सांस्कृतिक चिन्ताओं से उपजा असग़र वजाहत का लेखन कला की कसौटी पर आलोचकों द्वारा खूब सराहा गया है।

भीड़तंत्र

असग़र वजाहत

ISBN : 9789386534361

प्रथम संस्करण : 2018

BHEEDTANTRA (Stories) by Asghar Wajahat

राजपाल एण्ड सन्ज़

1590, मदरसा रोड, कश्मीरी गेट, दिल्ली-110006

फोन : 011-23869812, 23865483, फैक्स : 011-23867791

e-mail : sales@rajpalpublishing.com

www.rajpalpublishing.com

www.facebook.com/rajpalandsons

क्रम

भूमिका	7
भगदड़ में मौत	13
किरच-किरच लड़की	23
ताजमहल की बुनियाद	29
लेकिन कुछ है...	35
देश के ऊपर बना पुल	41
लकड़ी के अब्दुल शकूर की हँसी	47
नये ईसा मसीह	58
शिक्षा के नुकसान	60
तीन तलाक	66
बीज और ज़मीन	67
आवाज़ का जादू	68
दुश्मन दोस्त	69
देशहित	76
नायक की कॉमेडी	86
दूसरी मिस्टेक	91
दलित के द्वारे	93

पानी–पानी	95
कुत्ता प्रेम	102
खतरा	104
फ़ैसला	105
दवा	106
लोकतंत्र का मंत्र	108
उत्तेजना	112
लुटेरा	113
भगवान की अंतिम आरामगाह	114
राजन की चिंताएँ	116
स्वार्थ का फाटक	122
जानवर और आदमी	124
राजा और सेना	125
भीड़तंत्र	126

भूमिका

आज से 15-20 साल पहले लगातार साल में 5-6 कहानियाँ लिख लिया करता था। लेकिन फिर यह क्रम टूट गया और कभी ऐसा भी हुआ कि साल-साल भर कोई कहानी नहीं लिखी और फिर अचानक एक साल के अंदर या कुछ महीनों के अंदर 10-12 कहानियाँ लिख डालीं। हो सकता है इसका कारण यह हो कि मैंने कहानी का क्लासिकी फ़ार्म लगभग छोड़ दिया है। अब मुझे परम्परावादी ढंग से कहानियाँ लिखने में कोई रुचि नहीं रह गयी है। मतलब यह कि कहानी में परिवेश हो, पात्रों का विकास हो, संवाद हो, कहानी की शुरुआत हो और कहानी का अंत हो आदि-आदि बातों में अब मुझे कोई दिलचस्पी नहीं है। इसलिए अब मेरी कहानियाँ योरोपीय कहानी के ढाँचे से अलग हो चुकी हैं। मौखिक परम्परा और पुरानी पूर्वी दुनिया की कथा शैलियों के प्रभाव में मेरी कहानियाँ कुछ सार्थकता पाने की कोशिश करती हैं। पता नहीं उन्हें कितनी सफलता मिलती है।

अब तक मेरे चार कहानी-संग्रह प्रकाशित हो चुके हैं और लगभग सौ कहानियाँ लिखी हैं। यह कोई अच्छा रिकॉर्ड नहीं माना जायेगा, लेकिन मैंने रिकॉर्ड बनाने के लिए नहीं लिखा है। इस कहानी-संग्रह की अधिकतर कहानियाँ पिछले दो सालों में लिखी गयी हैं, जबकि पिछला कहानी-संग्रह सन् 2013 में छपा था। इसका मतलब यह हुआ कि 2013 से लेकर 2015 तक मैंने लगभग कोई कहानी नहीं लिखी।

लिखने का मौसम कैसे आता है और चला जाता है, यह

बता पाना थोड़ा मुश्किल है, लेकिन इतना कहा जा सकता है कि समाज में और हमारे आस-पास जो होता है वह आंदोलित करता है। उससे संकेत मिलते हैं। वह रचनात्मक ऊर्जा को चुनौती देता है। कभी-कभी राजनीति और समाज की गति बहुत स्थिर हो जाती है और लगने लगता है कि ऐसा कुछ नहीं है जो आंदोलित करता हो। सन् 2014 के बाद देश की परिस्थितियों में बहुत तज़ी से बदलाव आना शुरू हो गया था। यह बदलाव नये प्रकार का तो नहीं कहा जा सकता लेकिन यह ज़रूर कहा जा सकता है कि वह सब जो देश में पिछले 50 साल से धीरे-धीरे हो रहा था अचानक गति पकड़ लेता है। कुछ मूलभूत सवाल उठ खड़े होते हैं जो हमारे देश और समाज के लिए बहुत महत्त्वपूर्ण हैं।

कुछ कवियों और लेखकों के बारे में यह कहा जाता है कि वे रचनाकार बाद में हैं पहले अपने उद्देश्यों के प्रति समर्पित हैं। कुछ रचनाकारों ने तो इस बात को खुलकर स्वीकार किया है कि वे कवि नहीं हैं भक्त हैं और कविता उनके लिए भक्ति का एक माध्यम है। रचनाकार पर अपने उद्देश्य का कितना दबाव रहता है, यह उसकी रचना से स्पष्ट हो जाता है। कभी-कभी उद्देश्य का दबाव रचना को रचना नहीं रहने देता, बल्कि रचना सीधा-सीधा प्रचार बन जाती है। लेकिन यदि रचनाकार के अंदर प्रतिभा है तो उसके उद्देश्य रचना को प्रचार नहीं बनने देते।

मेरे विचार से हर रचनाकार एक तरह का 'एक्टिविस्ट' होता है और अपने उद्देश्य के अनुकूल काम करता है। रचनाकार का 'एक्टिविज़्म' कई तरह से सामने आता है। उदाहरण के लिए चित्रकार, संगीतकार, अभिनेता अपने एक्टिविज़्म को अपनी कला के माध्यम से स्वर देते हैं। लेखक अपने लेखन के माध्यम से एक्टिविज़्म को व्यक्त करता है। मुझे लगता है कि मेरे अंदर भी एक तरह का 'एक्टिविस्ट' है। यही कारण है कि कभी-कभी सीधे समाज के साथ संवाद करने की इच्छा होती है। लेकिन इस इच्छा को बड़ी सीमा तक

रोकना पड़ता है, क्योंकि एक्टिविस्ट होने और बने रहने के लिए कुछ ऐसी शर्तें दरकार हैं जो मेरे अंदर नहीं हैं। इसलिए एक्टिविज़्म की भावना केवल रचना के माध्यम से ही सामने आती है। कलात्मक अभिव्यक्ति और एक्टिविज़्म के द्वंद्व के बीच संतुलन बनाना जोखिम वाला काम है। कहीं-कहीं लगता है कि रचना रचनात्मकता से विमुख हो रही है। यह जानकर बड़ा दु:ख होता है और रचना को या तो छोड़ना पड़ता है या उसके ऊपर और काम करना पड़ता है। लेकिन इतना तय है कि एक्टिविज़्म एक बड़ी शक्ति बन कर ऊर्जा देता है।

कहानी क्या है ? कहानी की तमाम परिभाषाएँ अधूरी हैं, क्योंकि समय के अनुसार परिभाषाएँ छोटी पड़ती जाती हैं। जैसे-जैसे समय बीतता है वैसे-वैसे रचना से अपेक्षाएँ बढ़ती जाती हैं और अंतत: रचना परिभाषा से बाहर निकल जाती है। इस संकलन में मेरी कहानियाँ इसी द्वंद्व का शिकार हैं। बहुत से पाठक और आलोचक इन कहानियों को कहानी ही नहीं मानेंगे। वे सीधा-सीधा कह सकते हैं कि इनमें तो न कोई कथानक है और न कोई पात्र है। इनमें कुछ ऐसी वैचारिकता है जो कहानियों में नहीं होती, आदि-आदि। मैं उन आलोचकों की राय का सम्मान करता हूँ, क्योंकि वे कहानी की परम्परागत स्थिर परिभाषा को ही मान रहे हैं, जबकि मेरी परिभाषा काफ़ी अलग है। मैं यह मानता हूँ कि कोई भी रचनात्मक अभिव्यक्ति कहानी हो सकती है। एक वाक्य या दो वाक्यों में भी कहानी लिखी जा सकती है। कहानी के लिए प्लॉट की कोई आवश्यकता नहीं है। उसकी जगह पाठक को बाँधे रखने के लिए यदि विचार और भाव का क्रमिक विकास सामने आता है तो वह कथानक की कमी पूरी कर सकता है। ज़रूरी नहीं है कि संवादों के साथ पात्र भी सामने आयें। दरअसल संवाद अपने आप में पात्रों का निर्माण करता है, जबकि परम्परागत कहानी के ढाँचे में पात्र संवादों को बनाते हैं।

ऐसा लगता है कि संसार बार-बार दोहराता है, मतलब पागल होता है। अपने पागलपन में अपने आपको नोंचता-खसोटता ही नहीं

है, बल्कि अपने को लहूलुहान कर लेता है और उसके बाद अपना इलाज करता है। आजकल संसार बौराया हुआ है और अपने आपको लगातार ज़ख्मी कर रहा है। संसार के पागल हो जाने की कीमत उन लोगों को चुकानी पड़ती है जो पागल नहीं हैं। लाखों लोगों की जानें जाती हैं, करोड़ों लोग बेघर हो जाते हैं, अकाल और भुखमरी लाखों को चट कर जाती है, सीधे-सादे, सरल और मासूम लोग अपार कष्ट झेलते हैं। आजकल यही हो रहा है। जिस स्तर पर युद्ध और आतंकवाद ने लोगों का जीना मुश्किल कर दिया है। धार्मिक उन्माद पागलपन की सरहदों को पार कर गया है। पता नहीं धर्म के नाम पर कितनी शांति स्थापित हुई है और कितने युद्ध हुए हैं। मुझे तो अपने अल्प ज्ञान के कारण यही लगता है कि शायद युद्ध ही अधिक हुए हों। धर्म ही क्यों, कोई भी विचार जब सत्ता में आ जाता है तब उसका मूल चरित्र बदल जाता है। सत्ता किसी भी कीमत पर सत्ता में बने रहना चाहती है। सत्ता के सामने किसी मानवीय मूल्य का कोई महत्त्व नहीं होता है और इस तरह हिंसा और युद्ध का तांडव शुरू होता है। ये पागलपन कई-कई रूपों में सामने आता है। योरोप के एक मित्र बता रहे थे कि उनके परिचितों में एक युवा लड़का है। वह किसी ऐसी संस्था से जुड़ा हुआ है जो विश्व में शांति स्थापित करना चाहती है। लड़के का कहना है कि वह शांति स्थापित करने के लिए कुछ भी कर सकता है। हद यह है कि वह शांति स्थापित करने के लिए लोगों की हत्या तक कर सकता है। मेरे विचार से वह युवक हमारे समय का प्रतीक है। हमारे समय के पागलपन का एक जीता-जागता उदाहरण है। शांति के लिए इतनी अशांति और अहिंसा फैलायी जा रही है, यह कोई भी देख सकता है।

यह समझने की बात है कि किस तरह सीधे-सादे, सरल लोगों को हिंसक बना दिया जाता है। प्रतिशोध की भावना उनके अंदर इस प्रकार भर दी जाती है कि कोई तर्क उनकी समझ में नहीं आता। वे हर तर्क के उत्तर में हिंसा का रास्ता अपनाते हैं। हमको लगता है कि

हिंसा से ही सही फ़ैसले हो सकते हैं, जबकि यह नितांत गलत है। हिंसा से कोई फ़ैसला और न्याय नहीं हो सकता है।

भीड़तंत्र की कहानियों में पाठकों को घृणा और हिंसा की वे परछाइयाँ दिखायी पड़ेंगी जो आजकल हमारे समाज में मुखर हो गयी हैं। कहानियाँ समाधान नहीं देतीं केवल संकेत देती हैं। उन संकेतों से यदि पाठक कुछ ग्रहण कर सकें तो अच्छा है।

कुछ लोग यह कहते हैं कि लेखक सदा समाज की त्रुटियों, गलतियों, कमियों की ओर ही ध्यान देते हैं। दरअसल लेखक का काम, मेरे विचार से आनंद उल्लास के गीत गाना नहीं, बल्कि दुखी लोगों के दुःख को बाँटना है और इस प्रक्रिया में समाज, लेखक और पाठक एक त्रिकोण बनता है जिससे एक-दूसरे को शक्ति मिलती है।

भीड़तंत्र में कुछ अकथी के शीर्षक के अंतर्गत संवाद जैसे दिये गये हैं। यह कहानी की परिभाषा के विस्तार की एक कोशिश है।

दिल्ली **—असग़र वजाहत**

31.10.2017

भगदड़ में मौत

[1]

भगदड़ में मरनेवालों के परिवारजनों को पचास-पचास लाख आर्थिक मदद के रूप में दिये जाने का फ़ैसला किया गया। जिनके परिवार से कोई भगदड़ में नहीं मरा है वे अपने घर के बड़े-बूढ़ों को गालियाँ देने लगे कि वे कितने नीच और विधर्मी हो गये हैं कि 'दर्शन' करने भी नहीं जा सके।

"चिंता न करो बेटा अगले साल चला जाऊँगा।" अस्सी साल के बूढ़े ने अपने बेटे से कहा।

"कहाँ चले जाओगे?" पुत्र ने पूछा।

"दर्शन करने।"

"कहीं भगवान के दर्शन करने न चले जाना...उसमें खर्चा ही खर्चा है...मिलता कुछ नहीं।"

[2]

लाशें धर्म के आधार पर बाँट दी गयीं। हिन्दू लाशें, मुस्लिम लाशें, सिख लाशें और ईसाई लाशें अलग-अलग लाइनों में लगा दी गयीं। आर्थिक मदद देनेवालों ने तय किया केवल 'श्रद्धालुओं' को ही आर्थिक मदद दी जायेगी। तमाशा देखनेवालों को नहीं।

[3]

आर्थिक मदद देने के लिए बड़ी अच्छी व्यवस्था की गयी। यह वैसी ही व्यवस्था है जैसी चुनाव के समय सहयोग राशि के लिए की जाती है। मतलब, हाथ के हाथ सहायता राशि दी जा रही है। नकद चमकती हुई गड्डियाँ।

सहायता राशि बँट ही रही थी कि कमाल हो गया। लाशें घरों से आने लगीं।

जब पूछा गया कि लाशें घरों से कैसे आ रही हैं तो बताया गया कि 'ये' मरे यहीं थे...पर जाने कैसे उठ कर घर आ गये थे।

[4]

सांत्वना संदेश लिखनेवालों की माँग वैसे ही देश में बहुत बढ़ी हुई है पर इस घटना के बाद तो माँग में ऐसा उछाल आया कि सोना भी मुँह के बल गिर गया।

इतने सांत्वना संदेश लिखे और छपे कि देश में कागज़ ही न बचा।

संविधान तक नहीं छप सका।

[5]

आर्थिक मदद क्यों दी जा रही है यह बताना भी ज़रूरी नहीं समझा गया। लेनेवालों ने पूछा भी नहीं कि राशि क्यों दी जा रही है। लेनेवाले जानते थे कि राशि देनेवालों ने कुछ माँगा तो केवल 'वोट' माँगेंगे जिसकी कोई 'वैल्यू' नहीं है।

[6]

जिन क्षेत्रों में दुर्घटना नहीं हुई थी वहाँ बड़ा असंतोष फैल गया। पब्लिक सड़क पर उतर आयी। दुकानें लूट लीं। बसों में आग लगा दी। ट्रेन की पटरियाँ उखाड़ लीं। सरकारी दफ़्तर जला दिये। पुलिस को गोली चलाने की अनुमति नहीं दी गयी थी, क्योंकि उससे कितने लोग मरते? आंदोलन ने जब विकराल रूप ले लिया तो तय पाया कि क्षेत्र में जितने पुल हैं उनकी मरम्मत नहीं की जायेगी। जितनी पुरानी इमारतें हैं वे तोड़ी नहीं जायेंगी। जितने 'वायरस' हैं उनको पूरी और पनपने की जगह दी जायेगी। जितनी नयी इमारतें बनेंगी उनमें ऐसी व्यवस्था की जायेगी कि लोगों को आर्थिक मदद राशि दी जा सके। जनहित में इतने निर्णय लेने के बाद तब कहीं आंदोलन शांत हुआ।

[7]

मरनेवालों के बाद घायलों को आर्थिक मदद की राशि दिये जाने का समय आया। बड़ी संख्या में घायल मोहल्लों से निकलने लगे। कुछ को यह लगा कि इतने घायल हैं कि सबको सहायता राशि न मिल सकेगी। जो पहले पहुँच जायेगा उसे ही मिलेगी। अब तो घायलों में 'रेस' शुरू हो गयी। फिर छीना-झपटी शुरू हो गयी। फिर आगे निकलने के लिए मारपीट शुरू हो गयी। फिर चाकू और पिस्तौल निकल आये।

घायल धड़ाके से लड़ रहे थे। वे जानते थे मर गये तो शहीद नहीं तो ज़न्नत मिलेगी।

[8]

भगदड़वाले जनपद के डी.एम. का ट्रांसफ़र कर दिया गया। डी.एम. ने पत्रकारों को बताया कि यह कोई नयी बात नहीं है। पिछले साल भी आपदा में लोग मरे थे और डी.एम. का तबादला कर दिया गया। उससे पहले और उससे पहले और उससे पहले भी यही हुआ था। यह तो हर साल होता है। आपदा न हो तो सहायता राशि वापस चली जाये और जनता का बहुत नुकसान हो जाये। विकास के आँकड़ों पर भी प्रभाव पड़े।

[9]

लाशें दूर-दूर तक बह गयी थीं। उन्हें लाना सबके बस की बात न थी। इसलिए अच्छे लोगों ने एक कम्पनी बना दी थी जो दूर-दूर से लाशें ले आने का काम करती थी। जल्दी ही कम्पनी इतनी बड़ी हो गयी कि उसमें एफ.डी.आई. के तहत करोड़ों डॉलर का निवेश हो गया। शानदार ऑफ़िस में एम.बी.ए. पास विदेशी युवक 'मैनेजमेंट' देखने लगे। हाँ, 'फ़ील्ड' में वे स्थानीय युवक ही रखे गये जो उतनी लाशें ले आते थे जितनी कही जाती थीं।

[10]

एक औरत की लाश के साथ बड़ा अजीब हुआ। कई लोग आये और कहने लगे कि यह हमारी माता जी की लाश है। हमें सहायता राशि दी जाये। अगले दिन कुछ और लोग आ गये और यही कहने लगे। फिर तो हर रोज़ लोग आने लगे और यही दावा करने लगे कि यह औरत उनकी माँ है। धीरे-धीरे यह संख्या हज़ारों, लाखों, करोड़ों तक पहुँच गयी। आर्थिक मदद देनेवाले परेशान हो गये कि एक औरत करोड़ों लोगों की माँ कैसे हो सकती है।

किसी ने अँधेरे में तीर चलाया और कहा—''कहीं ये भारत माता तो नहीं है।''

•

किरच-किरच लड़की

दो प्रेमी/दोनों युवा/दोनों सुंदर/दोनों पढ़े-लिखे/दोनों बेकार/दोनों दिल्ली में।

दो दीवाने शहर में आबोदाना ढूँढते हैं।

आशियाना ढूँढते हैं।

नहीं/ये दीवाने सिर्फ़ नौकरी ढूँढते हैं क्योंकि उसके मिलने के बाद आबोदाना और आशियाना मिल ही जायेगा। लता और राहुल दो नाम नहीं हैं। लता, लता श्रीवास्तव है। इलाहाबाद से साल भर पहले दिल्ली आयी थी। साथ में माँ है और पिताजी यानी बाबूजी की पेंशन है जिसके सहारे एम.बी.ए. की हुई लता नौकरी तलाश कर रही है। वह नहीं मिल रही है तो एक सहारा है राहुल। राहुल लखनऊ से आया है। राहुल सिंह/सिविल इंजीनियरिंग की है। लखनऊ में परिवार है। दिल्ली में प्रेम है—लता है।

लता पाँच पराँठे बना कर लाती है। अचार माँ ने डाला है। दोनों नौकरियों के इंटरव्यू देते-देते थक कर लोदी गार्डन को अपनी व्यथा कथा सुनाते हैं। राहुल दो पराँठे खाता है। लता एक खाती है। दोनों आई.आई.सी. में आकर ठण्डा पानी पीते हैं। शीशे के पीछे वाली दुनिया को देखते हैं।

राहुल पानी में कंकरियाँ फेंकता है। लता उसे देखती है। राहुल का चेहरा उसे अपनी हथेली जैसा लगता है। बिलकुल अपना। वह एक टक राहुल को देखती रहती है। राहुल मुड़कर उसे चूम लेता है। वह दो पराँठे राहुल के थैले में डाल देती है। रात में क्या खायेगा।

राहुल कहता है, ''सुनो...'' और फिर बहुत देर तक कुछ नहीं बोलता।

काफ़ी देर बाद लता कहती है, ''सुन लिया।''

दोनों एक-दूसरे के मन में छोटी-छोटी कंकरियाँ फेंकते रहते हैं।

''हम दोनों पक्षी होते।''

''क्यों, हम दोनों बादल होते?''

''क्यों, हम दोनों पुल होते।''

''कौन-सा पुल?''

''वही, जिसकी परछाईं नीचे पानी में पड़ रही है।''

''यह पुल टेढ़ा है।''

''सभी पुल टेढ़े होते हैं।''

''अपनी चप्पल दिखाओ?''

''क्यों? क्या अपने सिर पर मारोगे।''

''नहीं...तुम्हारे सिर पर।''

''लो...।''

''आधा तला गायब है।''

''आधी-आधी बहुत-सी चीज़ें गायब हैं।''

''तुम्हारे पैर नहीं जलते?''

''तुमसे सीखा है।''

''क्या?''

'''हाँ' को 'न' कहना।''

''ठीक है...चलो सपना देखते हैं।''

''पापा को जो 'रिटायरमेंट बेनीफिट्स' के आठ लाख रुपये मिले थे उससे मैंने एम.बी.ए. किया था।''

''यह बात तुम पहले भी बता चुकी हो।''

''रोज़ बताना चाहती हूँ।''

''क्यों?''

''उन पैसों पर अम्मा का हक था।''

''हमारा हक एक नौकरी पर भी नहीं है?''

''क्यों नहीं...सपना देखो।''

''यार...मैं किसी बात से परेशान हूँ।''

''किससे?''

''बताओ।''

''देखो आधा दिन कट गया।''

'''स्मार्ट कार्ड' में पैसे हैं?''

''हाँ हैं।''

''दिखाओ?''

''देखकर कैसे बताओगे?''

''मैट्रो स्टेशन पर चेक करूँगा।''

''क्यों?''

''नहीं...तो तुम फिर पैदल...।''

''वॉकिंग इज़ गुड फ़ॉर हेल्थ।''

''झूठ बोलना इज़ वैरी गुड फ़ॉर हेल्थ।''

''यार, बड़े-बड़े लोगों की बातों में तुम अपनी टुच्ची बात न जोड़ा करो।''

''ठीक है।''

''मैं कल सेठी के पास जाऊँगी।''

''वही सेठी।''

''हाँ वही सेठी।''

''वह वही बात करेगा।''

''मैं भी वही बात करूँगी।''

''तो जाने से क्या होगा?''

''तो न जाने से क्या होगा?''

''सेठी जी मुझे नौकरी चाहिए।''

सेठी ने उसे ऊपर से नीचे तक देखा। एक ही नज़र में उसने पूरी पैमाइश कर डाली। पहले भी कर चुका था।

''तुम्हारे लिए किसी चीज़ की कोई कमी नहीं है। मैं पहले भी कह चुका हूँ।'' सेठी ने अर्थपूर्ण और गंदी मुस्कुराहट जोड़ दी। 'इंटरनेशनल फ़ैशन वर्ल्ड एण्ड एक्सपोर्ट' का मालिक जगन सेठी। बीस करोड़ का 'टर्न ओवर'। सौ लोगों का स्टाफ़। आठ फ़ैक्ट्रियाँ।

''नौकरी...'' वह बोली।

''कोई नौकरी नहीं है...मेरा ऑर्डर ही सुनना चाहती हो...मुझे 'ऑर्डर' नहीं देना चाहतीं ?'' वह हँसा। तम्बाकू की गंध दूर तक फैल गयी।

''काम।''

''क्या काम ?''

''ये शो विन्डो है न...जहाँ आपकी नयी 'ड्रैसेज़' पहने 'डमी मॉडल' खड़ी है...वहाँ मैं भी खड़ी हो सकती हूँ।''

''डमी मॉडल बनोगी ?''

''हाँ।''

''हीरा अपनी पहचान नहीं जानता,'' वह बुदबुदाया।

अगले दिन से लता शो विन्डो में खड़ी होने लगी। दूसरे 'डमी मॉडल्स' के साथ खड़ा होना उसे अच्छा लगता था, क्योंकि देखनेवाले उसे भी 'डमी' समझते थे।

''सुनो, मुझे नौकरी मिल गयी है।'' वह फ़ोन पर धीरे से फुसफुसाई।

''ओ नो!'' राहुल की खुशी में डूबी आवाज़।

''ओ यस...।''

''कहाँ यार ?''

''सेठी के यहाँ।''

''मतलब...''

''मतलब नौकरी है...अपने को बेचा नहीं है।''

''थैंक गॉड।''

''क्यों ?''

''बेच भी डालतीं तो मैं क्या कर सकता था।''

''शिट।''

''किस सेक्शन में हो?''

''शोरूम में...आते ही देख लेना।''

''आते ही देख लेना...मतलब?''

''आओ तो।''

''ठीक है।''

लता दिन भर शो विन्डो में खड़ी रहती थी। शाम होते राहुल आता था। उसके साथ वह चाय पीती थी और घर चली जाती थी।

''तुम्हें अच्छा लगता है?''

''बहुत...मैं तो चाहती हूँ...वहीं खड़ी रहूँ।''

''मतलब?''

''मैं उनसे बातें करती हूँ।''

''किससे?''

''जो वहाँ...दूसरी 'डमी' खड़ी रहती हैं।''

''क्या मतलब?''

''हाँ...वे मेरी बात का जवाब देती हैं।''

''क्या मतलब?''

''हम मिल कर हँसती हैं।''

''क्या मतलब?''

''हम लंच साथ-साथ करती हैं।''

''नहीं लता, नहीं...प्लीज़।''

कुछ दिनों बाद लता ने शो विन्डो से निकलना ही बंद कर दिया। राहुल उससे मिलने जाता था तो 'हाँ', 'नहीं' में बात कर लेती थी।

फिर लता ने बोलना ही बंद कर दिया। वह दिन-रात खड़ी रहती थी। कभी-कभी राहुल को देख कर हल्के से मुस्कुरा देती थी। फिर उसने मुस्कुराना भी छोड़ दिया था। अब वह पलकें भी नहीं झपकाती थी। धीरे-धीरे उसने साँस लेना भी बंद कर दिया था।

एक दिन गुस्से में राहुल शोरूम आया और सेठी से बोला—ये मेरी प्रेमिका है...इसे शोकेस से बाहर निकालो।

सेठी ने कहा—''तुम ही निकाल लो।''

राहुल शोकेस के अंदर घुसा। लता को उसने उठाना चाहा तो लता शीशे के नाजुक गुलदान की तरह टूट गयी। किरचें दूर-दूर तक बिखर गयीं।

•

ताजमहल की बुनियाद

यमुना के किनारे जहाँ आज ताजमहल खड़ा है वहाँ ताजमहल बनने से पहले कई हज़ार बीघा उपजाऊ ज़मीन थी। यह ज़मीन बिलसारी, रगबड़ी, चौखेटों और अनुगर गाँव के किसानों की थी। इस ज़मीन पर गेहूँ के अलावा मौसमी सब्ज़ियों की शानदार खेती होती थी। गर्मियों में यहाँ जो खरबूज़ा होता था वह आस-पास क्या दिल्ली तक मशहूर था। ककड़ियाँ और खीरे तो लाजवाब होते थे। तरबूज़ में तो लगता था किसानों ने अपना दिल रख दिया है। पानी की कमी न थी। दोमट मिट्टी को पानी मिल जाये तो सोना उगलती है। आगरा जैसी मण्डी पास थी, जहाँ राजा, रंक और फ़कीर सौदा देखते थे, मोलभाव न करते थे। पर भाग्य में तो कुछ और ही लिखा था। शहंशाह शाहजहाँ अपनी सबसे प्यारी बेगम मुमताज़ महल के लिए एक ऐसा मकबरा बनवाना चाहता था जो दुनिया में बेमिसाल हो।

"लेकिन शहंशाहे आलम, पानी तो इमारत की बुनियाद को कमज़ोर कर देता है।" उस्ताद अहमद लाहौरी ने दरबार-ए-खास में हाथ जोड़ कर अर्ज़ किया।

"अहमद, मकबरा तो जमना के किनारे ही बनना चाहिए...मैं चाँदनी रातों में, उस मकबरे का अक्स जमना के पानी में देखना चाहता हूँ," जहाँपनाह ने कहा।

हुक्मे सरकार/उस्ताद अहमद खाँ लाहौरी ने ज़मीनें देखना शुरू कर दिया। उसे ऐसी ज़मीन चाहिए थी जो ताजमहल जैसी इमारत को सहेज सके। उस्ताद अहमद खाँ लाहौरी की तज़रबेकार आँखों

ने इस्फ़हान, शीराज़ तबरेज़, बल्ख, बुखारा, समरकंद ही नहीं बल्कि बगदाद और दमिश्क की ज़मीनें देखी थीं। उसने यूनान और रोम की देवियों के मकबरे देखे थे।

वह जानता था कि कौन-सी ज़मीन का कितना बड़ा जिगर होता है। कौन-सी ज़मीन हवा के गुब्बारे की तरह फट जाती है और कौन-सी ज़मीन अपने सीने पर सैकड़ों साल तक लाखों मन का बोझ उठाये रहती है। गलती उस्ताद अहमद लाहौरी की नहीं उस ज़मीन की थी जहाँ ताज बना है।

...''और तुम जानते हो आज क्या हो रहा है?''

''क्या?''

''चारों गाँवों के किसान...अपनी ज़मीन वापस माँग रहे हैं।''

''नहीं...ये कैसे हो सकता है?''

''ये तो किसान भी नहीं जानते।''

''लेकिन...''

''तुम जानते हो, ताजमहल सिर्फ़ शाहजहाँ ही ने नहीं बनवाया है। ताज तो उससे बहुत पहले बनना शुरू हो गया था और बाद तक बनता रहा...अब भी बन रहा है...ताज पूरा तो नहीं हुआ है...न होगा...लेकिन किसानों का कहना है हमें हमारी ज़मीन चाहिए।''

''तो पुलिस...''

''देखो, लोकतंत्र है...वैसे शाहजहाँ के समय में भी लोकतंत्र था, लेकिन तब का लोकतंत्र...''

''मतलब, लोकतंत्र कमज़ोर हुआ है?''

''हाँ। और तुम्हारी मदद की सबसे बड़ी वजह यही है।''

''...बाअदब, बामुलाहिज़ा होशियार शहंशाहे हिन्दोस्तान शाहजहाँ संसद में तशरीफ़ लाते हैं।''

मीडिया दीवाना हो गया। लगा पागलखाने का दरवाज़ा खुल गया है। पूरे शाही लिबास में सजे-सजाये सिर पर ताज जलाल और

जमाल की मूर्ति बने शाहजहाँ ने संसद में प्रवेश किया। चारों तरफ़ रौशनी फैल गयी। घंटा बजने की आवाज़ें आने लगीं। फरयादी आगरा के किले की दीवार से लटकती रस्सी को खींचने लगे और पूरे किले में घंटा बजने की आवाज़ गूँजने लगी। धीरे-धीरे घंटा बजने की आवाज़ तूती की आवाज़ में बदल गयी और वही शहनाई की आवाज़ में तब्दील हो गयी। सांसदों ने सम्राट का स्वागत किया और सम्राट ने अपना भाषण शुरू कर दिया...

"देखो, उस समय के लोग सम्राट को भगवान का अवतार मानते थे।"

"आज ?"

"भगवान को भी भगवान नहीं मानते।"

"फिर?"

"ब्रह्मा, विष्णु, महेश ने नया अवतार लिया है।"

"कौन है वह अवतार।"

"लोकतंत्र।"

"लोकतंत्र?"

"हाँ।"

"वही भगवान है...अपराजेय है, सर्वशक्तिमान है, दयालु..."

...सांसदों मा बदौलत आज बहुत ख़ुश हैं...ताजमहल आज जितना खूबसूरत है...जितना बड़ा है...जितना शानदार है...जितना मज़बूत है...जितना मशहूर है...उतना तो मेरे ज़माने में भी नहीं था...मा बदौलत आज के हाकिमे वक्त यानी डेमोक्रेसी, मतलब लोकतंत्र के एहसानमंद हैं...सरकारी खजाने में जितना सोना है उतना पहले कभी न था..." तालियाँ गड़गड़ाने लगीं।

"...आज हुकूमत सही 'हाथों' में है...मैंने तो सिर्फ़ एक ताजमहल बनवाया था...आपने तो सैकड़ों ताजमहल बनवा दिये हैं...मैंने तो सिर्फ़ जमना के किनारे ताज बनवाया था आपने हर नदी

के किनारे...मैंने तो सिर्फ़ 22 करोड़ खर्च किए थे आपने...।''?

...यह संसद नहीं है दीवाने आम है शहंशाह, आपको अब अपना पता भी याद नहीं...देखिए सम्राट...इधर-उधर नज़र डालिए।

''बादशाह सलामत ताजमहल की बुनियाद को मज़बूत बनाने के लिए पानी की ज़रूरत है...और पानी नहीं है...जमना सूख रही है...पानी नहीं है...पानी...'' उस्ताद अहमद लाहौरी ने चीख कर कहा। वह स्पीकर की टेबुल के नीचे से निकल आया था।

''उस्ताद अहमद खाँ, तुमने ताज की बुनियाद में क्या रखा था?''

''मैंने ताज की बुनियाद को एक हज़ार साल तक के लिए पक्का बना दिया था। लेकिन...''

''वहाँ रखा क्या था?''

''चूँकि हुक्म था कि ताजमहल जमना के किनारे बनाया जाये...''

...ये लोग कहाँ से आ रहे हैं? सैकड़ों और फिर हज़ारों और फिर लाखों...ये घर में क्यों नहीं बैठते...ये बैठते क्यों नहीं...ये सब एक साथ क्यों आ रहे हैं? ये एक-दूसरे से पूछते क्यों नहीं कि तुम्हारा धर्म क्या है? तुम्हारा मज़हब क्या है? और फिर एक-दूसरे से लड़ने क्यों नहीं लगते...खून की होली क्यों नहीं खेलते...ये एक दूसरे की जाति क्यों नहीं पूछते? ये अलग-अलग ज़बानें क्यों नहीं बोलते...ये सब एक जैसे क्यों लगते हैं...क्यों ऐसा है...ये सब एक ही दिशा में आगे क्यों बढ़ रहे हैं...बूढ़े जवानों की तरह चल रहे हैं और जवान चिड़ियों की तरह उड़ रहे हैं...

''ताज को हटाओ।''

''कहाँ ले जायें?''

''चाहे जहाँ ले जाओ।''

''ताज पर हमें गर्व है।''

''करते रहो।''

''ताज हमारी संस्कृति का प्रतीक है।''

''बनाये रखो।''

''ताज हमारा...''

''...शहंशाह, मैं फिर अर्ज़ करना चाहता हूँ कि ताजमहल की बुनियाद को पानी की बड़ी ज़रूरत है। जमना में अब पानी नहीं है। अगर ताजमहल की बुनियाद को पानी न मिला तो... गज़ब हो जायेगा...हुज़ूरे आलम तो जानते ही हैं कि पानी के बगैर कुछ नहीं हो सकता...आदमी हो या पेड़-पौधे...हों...जानवर हों या...।''

''...क्यों जी, अब तुम ये बखेड़ा क्या खड़ा कर रहे हो?'' एक सांसद ने कहा।

''...ये तुमने...पानी...पानी क्या लगा रखा है...कौन कहता है पानी की कमी है...जो कहता है उसे शर्म से पानी-पानी हो जाना चाहिए। ...आज पानी पचास हज़ार करोड़ का उद्योग है...समझे...''

''आलमपनाह...मैं तो कहता ही रहूँगा...पानी...पानी...और पानी।'' उस्ताद अहमद लाहौरी ने कहा।

''उस्ताद...पानी का नाम भी मत लो...''

''क्यों?''

''चुप रहो...संसद का सम्मान करो...इसे चाहे दीवाने खास समझो...चाहे आम...।''

''ताजमहल की बुनियाद के लिए पानी क्यों ज़रूरी है उस्ताद अहमद लाहौरी?'' शहंशाह ने पूछा।

''जहाँपनाह...ताजमहल की बुनियाद...''

''बताओ क्या है बुनियाद में?''

''जहाँपनाह...पाँच बहुत गहरे कुएँ खोदे गये थे...उसमें साखू की लकड़ी भरी गयी थी...साखू की लकड़ी पानी में पत्थर जैसी

हो जाती है...इमारत को सहारा देती है...पानी नहीं होता...तो चटख जाती है..."

"झूठ बक रहा है उस्ताद।" किसी ने चीख कर कहा।

"क्या झूठ?"

"ताजमहल की बुनियाद में रखी लकड़ियाँ पानी से मज़बूत नहीं होतीं..."

"फिर... ?"

"खून जो काम कर सकता है वह पानी नहीं कर सकता।"

•

लेकिन कुछ है...

कुछ है जो टस-से-मस नहीं हो रहा।

राजधानी का ऐसा विस्तार कभी न देखा गया था न सुना गया था। सात नगर बसानेवाले दाँतों तले उँगलियाँ दबाये राजधानी का विस्तार देख रहे हैं। राजधानी सात नगरों की सीमा को पार कर चुकी है। अब इतना बड़ा क्षेत्र उसके प्रभाव में आ गया है कि उसमें पुराने ज़माने की चौदह राजधानियाँ बस सकती हैं।

राजधानी, हो सकता है बढ़ते-बढ़ते पूरे देश में फैल जाये। तब कुछ और न बचेगा सिर्फ़ राजधानी होगी और राजा होगा। वह देश के विकास की एक चरम अवस्था होगी और जनता की सुख और शांति काबिले मिसाल होगी। बहरहाल राजधानी विस्तार ले रही है।

लेकिन कुछ है जो वैसे का वैसा ही है।

राजधानी ने गाँवों को अपनी चपेट में ले लिया है या कहें राजधानी को गाँव ललचा रहे हैं। या कहें गाँव में राजधानी है या राजधानी में गाँव आ गये हैं या आदमी ऊपर आदमी है या आदमी ऊपर जानवर है। बहरहाल जो भी है अच्छा है; राजधानी विस्तार ले रही है।

सीमाएँ तोड़ती राजधानी ऐसे इलाकों को हड़प कर रही है जहाँ पहले अनाज उगता था। पर आजकल फ़्लैट उगते हैं। विकास या विनाश के एकमात्र प्रतीक लोहे ने अपने पंजे फैला दिये हैं। सरिया से लेकर हथकड़ियाँ तक उपलब्ध हैं। फ़्लैटों के स्वर्ग के बीच सड़कों का जाल है। इतनी ज़्यादा सड़कें बनाई गयी हैं कि उनका मकसद

समझ में नहीं आता। यह लगता है कि शायद वे आने-जाने के लिए नहीं बल्कि 'खेलने-खाने' के लिए बनाई गयी हैं। पार्क बनाये गये हैं जो स्वर्ग से आयात किए गये लगते हैं। पेड़ लगाये गये हैं जो धीरे-धीरे खजूर के पेड़ों में बदल रहे हैं। फव्वारे लगाये गये हैं। बच्चों के स्कूल खोले गये हैं। अस्पताल हैं। दफ़्तर हैं। लेकिन कुछ है जो टस-से-मस नहीं हो रहा।

इस इलाके में जहाँ राजधानी का शानदार विस्तार हुआ है, एक दीवार है। अजीब बेढंगी डरावनी और मज़बूत दीवार है। यह दीवार सुन्दर और शानदार आबादी के बीच किसी आदेश जैसी खड़ी है। मैं ही नहीं बल्कि इस इलाके में रहने वाले सभी लोग आते-जाते इस बेहूदा और बदरंग दीवार को रोज़ देखते हैं। पर जैसी कि राजधानीवासियों की आदत पड़ गयी है, या डाल दी गयी है, वे अपने काम से काम रखते हैं और इस दीवार के बारे में कुछ नहीं सोचते या कहते। मुझे यह अजीब लगता है कि एक नामुनासिब चीज़ के बारे में कुछ न सोचा या कहा जाये। इसलिए मैं इस दीवार को देख-देखकर परेशान हुआ करता हूँ। पर कर क्या सकता हूँ? दीवार को तोड़ नहीं सकता और न उसका हिस्सा बन सकता हूँ। न उसका डरावनापन कम कर सकता हूँ।

एक-दो पड़ोसियों से मैंने दीवार के बारे में पूछा तो उनका जवाब यह था कि आपको क्या मतलब। होगी, होने दीजिए। आपका क्या फ़ायदा या नुकसान हो रहा है।

मैं इस जवाब से हैरान रह गया और सोचने लगा कि फ़ायदे या नुकसान तक ही सोच को सीमित रखा गया होता तो सर आइज़ेक न्यूटन ने अपने सिर पर सेब के गिरने पर गौर न किया होता, क्योंकि उससे उन्हें न कोई फ़ायदा हुआ था और न नुकसान। यकीनी तौर पर सेब से वे ज़ख्मी न हुए होंगे और न सेब उनके सिर से चिपक कर रह गया होगा। यह भी मुमकिन नहीं रहा होगा कि उस सेब को बेच

कर वे करोड़पति बन जाते। यार सेब तो सेब है और सिर बहरहाल सिर है। दोनों के बीच फ़ायदे नुकसान का क्या रिश्ता?

मैं एक दिन महानगर विनाश (विकास) प्राधिकरण कार्यालय चला गया। वहाँ हज़ारों लोग विनाश (विकास) के कामों में लगे थे और सैकड़ों अपना-अपना विनाश (विकास) कराने वहाँ आये हुए थे। इतने बड़े स्तर पर विनाश (विकास) होते देख कर लगा कि राजधानी जहाँ न पहुँच जाये; कम है।

मैं विनाश (विकास) कार्यालय में दीवार के बारे में पूछना चाहता था पर यह समझ में नहीं आ रहा था कि यह जानकारी कहाँ मिलेगी। एलॉटमेंट कराने, तरह-तरह के फ़ार्म भरने, फ़ीस जमा कराने, अधिकारियों की सूची आदि जानकारियों की खिड़कियाँ बनी थीं पर दीवार संबंधी जानकारी कहाँ मिलेगी यह पूछने मैं 'मे आई हेल्प यू' काउण्टर पर गया जो खाली था और वहाँ कोई दूसरा न खड़ा था। मुझे वहाँ खड़ा देखकर कुछ लोग मुस्कुराने लगे। मैं समझ नहीं पाया कि 'हेल्प' के लिए खड़ा होना इतनी बुरी बात क्यों है।

"क्या है? क्या काम है।" एक आदमी ने, जो बड़ा चिकना-चुपड़ा लग रहा था मेरे पास आकर पूछा।

मैंने जब उसे यह बताया कि मैं विनाश (विकास) कार्यालय क्यों आया हूँ तो मेरे पास से इस तरह भागा जैसे मुझे छूत की कोई भयानक बीमारी हो।

किस्सा मुख्तसिर यह कि मैं विनाश (विकास) प्राधिकरण के एक संवेदनशील अधिकारी के सामने पहुँच गया और दीवार के बारे में कुछ जानना चाहा। उसने छूटते ही कहा, "दीवार के पास तो तुम जाना भी नहीं...बल्कि उधर देखा भी न करो।"

"क्यों?"

"इसी में तुम्हारी भलाई है।"

"पर है क्या?"

''उस दीवार की फ़ाइल चल चुकी है।''

''चल चुकी है? क्या फ़ाइलें भी चलती हैं?'' मैंने पूछा।

वह मेरी तरफ़ घूर कर देखने लगा। उसकी आँखों में मेरे लिए दया नहीं क्रोध भाव आया। वह तेज़ आवाज़ में बोला, ''फ़ाइलों को तुम क्या समझते हो? फ़ाइलें चलती ही नहीं, दौड़ती भी हैं। फ़ाइलों की स्पीड बढ़ाई या घटाई जा सकती है। फ़ाइलें आराम भी करती हैं और फ़ाइलें मर भी जाती हैं। कुछ फ़ाइलें मर कर अमर हो जाती हैं। दीवार वाली फ़ाइल, ऐसी ही फ़ाइल है।''

''मैं कुछ समझा नहीं,'' मैंने कहा।

''मैं तुम्हें समझ गया हूँ। तुम कभी कुछ न समझोगे,'' वह तिरस्कार से बोला।

''ऐसी भी क्या बात है। मैं पढ़ा-लिखा आदमी हूँ,'' मैंने कहा।

''मैं भी पढ़ा-लिखा हूँ। जानता हूँ, पढ़ाई-लिखाई कैसे होती है?'' वह हँसा।

उसके हँसने से मेरा हौसला बढ़ा और मैंने हिम्मत करके पूछा, ''बताइये न श्रीमान जी...यह दीवार क्या है?''

''देखो...राजधानी जब इधर बढ़ रही थी तो हमने दीवार... दीवार के आगे श्री लगा लो...मतलब जैसे ईस्ट इंडिया कम्पनी को कम्पनी बहादुर या ऑनरेबुल कम्पनी कहा जाता था...तो मतलब श्री दीवार को तोड़ने के लिए मंत्रालय को लिखा था।''

''मंत्रालय को?''

''हाँ मंत्रालय ने फ़ाइल गृह मंत्रालय को भेज दी थी...फिर गृह मंत्रालय से यह फ़ाइल विदेश मंत्रालय गयी थी...।''

''अरे बाप-रे-बाप...।'' मैं बोला।

''सुनते जाओ...बाप को याद करने के कई मौके आयेंगे... विदेश मंत्रालय की जाँच पड़ताल के बाद यह फ़ाइल रक्षा मंत्रालय चली गयी-वहाँ इसके ऊपर कई साल कार्यवाही होती रही...कुछ

जानकारियाँ 'नेशनल आरकाइव' से मँगवाई गयीं। इतिहासकारों की एक टीम बनाई गयी। समाजशास्त्री भी बैठकों में हिस्सा लेते थे। फ़ाइल पर रक्षा मंत्रालय के 'कमेण्ट्स' आने के बाद फ़ाइल अंत में प्रधानमंत्री सचिवालय को भेज दी गयी। वहाँ अंतिम निर्णय लिया गया।"

"क्या?"

"निर्णय यह लिया गया कि इस दीवार को तोड़ा न जाये।...आदेश हुआ था।"

"क्यों?"

"यह साबित हो गया है कि यह दीवार...उन्नीसवीं शताब्दी से पहले बनी थी...इसके तो पक्के प्रमाण मिलते हैं कि इस दीवार का 1803 में लार्ड लेक के सैनिकों ने प्रयोग किया था। हो सकता है उससे पहले नादिरशाह के सैनिकों ने भी इस पर निशानेबाज़ी की हो...ब्रिटिश इंडिया में तो इसकी बड़ी भूमिका थी। गोरी पल्टनों के लिए यह दीवार बहुत महत्त्वपूर्ण थी। आज़ादी के बाद भी इसका प्रयोग होता रहा था। यह राष्ट्रीय स्मारक जैसी है।"

"पर यह है क्या?" मैंने पूछा।

"अब तक नहीं समझे?"

"नहीं।"

"यार तुम वास्तव में पढ़े-लिखे आदमी हो," वह हँसा।

"बताओ न?" मैं बेचैन हो रहा था।

"यह चाँदमारी की दीवार है।"

"चाँदमारी? क्या मतलब?"

"जहाँ सैनिक, सेनाएँ, सैन्य अधिकारी...निशानेबाज़ी का अभ्यास करते हैं।"

"ओहो।"

"अब कहो, बाप-रे-बाप," वह हँसा।

''दादा-रे-दादा से भी काम नहीं चलेगा,'' मैंने कहा।

''तुम्हें तकलीफ़ क्या है?'' उसने मुझसे पूछा।

''वह आबादी के बीचोबीच खड़ी है। हर आने-जाने वाला उस कुरूप और डरावनी दीवार को देखता है...स्कूल जाते बच्चे उसे देख कर खौफ़ खाते हैं...औरतें-लड़कियाँ सिर ढँक लेती हैं...बूढ़े, कमज़ोर और लाचार रास्ता काट जाते हैं...अब मुझे ध्यान आता है, उस पर तो गोलियों के निशान भी नज़र आते हैं...उस दीवार को वहाँ से हटाया या गिराया क्यों नहीं जाता? क्या वह मंदिर-मस्जिद से ज़्यादा पवित्र है?''

''हाँ है,'' वह बोला।

''अब दीवार वहाँ क्यों खड़ी है?''

''ताकि लोग उसे देखते रहें...।''

मैं हैरत से उसका मुँह देखने लगा और वह सामने पड़ी फ़ाइल देखने लगा। मैं समझा दीवार ही देख रहा है। मुझे लगा कुछ है, जो टस-से-मस नहीं हो रहा।

•

देश के ऊपर बना पुल

यह हमारे महान देश की कहानी नहीं है, ''भारत वर्ष हमारा है, हमको प्राणों से प्यारा है।'' की कहानी नहीं है, उस देश की कहानी भी नहीं है, जिसके बारे में किसी कवि ने लिखा था—''देशहित पैदा हुए हैं, देशहित मर जायेंगे।'' यह दरअसल अल्लामा 'इकबाल' उर्दू के एक महान कवि की कविता 'सारे जहाँ से अच्छा हिन्दोस्ताँ हमारा' की कहानी है, आज यह देश कूड़िस्तान कहलाता है।

कहानी कुछ इस तरह शुरू होती है कि मैं मतलब कहानी सुनानेवाला रोज़ अपने काम पर जाने के लिए एक पवित्र नदी के ऊपर बने पुल से गुज़रता हूँ, चूँकि नदी के इधर और उधर खासी बड़ी आबादी है इसलिए पवित्र नदी पर कई पुल हैं, पवित्र नदी से जनता की श्रद्धा और आस्था इतनी गहरी और पुरानी है कि उसका बयान बाहर है। हम आप सब जानते हैं कि कूड़िस्तान में सबसे अधिक महत्त्व आस्था, विश्वास और श्रद्धा का है। इसी के चलते कूड़िस्तान के लोग अपनी श्रद्धा के अवशेष पवित्र नदी को अर्पित करते रहते हैं। अवशेष अलग-अलग प्रकारों और रूपों के हो सकते हैं। अवशेष प्रवाहित करने की बढ़ती हुई गति और पवित्र नदी की क्षीण होती क्षमता के अंतर्गत कूड़िस्तान के नगर निगम ने यह तय किया कि पुलों के दोनों तरफ़ ऊँची जालियाँ लगवा दी जायें, नगर निगम ने यह न सोचा कि ऐसा कर दिया गया तो श्रद्धा के अवशेष कहाँ जायेंगे। माफ़ कीजिएगा कूड़िस्तान में वैसे सोचने, समझने आदि की परम्परा नहीं है, केवल आस्था है, आस्था के आवेग में

लोहे की जालियाँ जगह-जगह से तोड़ दी गयी हैं। आस्था के आगे विशाल इमारतें नहीं टिकी रह सकतीं, एक मामूली-सी जाली की क्या हैसियत है। वैसे आस्थावानों की मदद कूड़िस्तान में चली निजीकरण की नीति भी करती है। इसके अंतर्गत एक निजी कम्पनी ने पवित्र नदी पर एक पुल बनवाया है जिसके दोनों तरफ़ जालियाँ नहीं हैं। निजीकरण ने आस्था का पूरा ध्यान रखा है।

पुल से गुज़रते हुए मैं अक्सर देखा करता हूँ कि लोग गाड़ियाँ रोकते हैं। उतरते हैं। पॉलीथीन का बड़ा थैला गाड़ी से निकालते हैं, पवित्र नदी को झुक कर प्रणाम करते हैं और पॉलीथीन का थैला नदी के ऊपर उल्टा कर देते हैं, कभी तेज़ हवा होती है तो आस्था के पुष्प हवा में उड़ कर सड़क तक भी आ जाते हैं, नहीं तो पवित्र नदी में तो गिरते हैं। कुछ श्रद्धालु जल्दी में होते हैं, पॉलीथीन का थैला खोलने का समय भी उनके पास नहीं होता। वे पूरा थैला प्रवाहित कर देते हैं, हाथ जोड़कर पवित्र नदी के प्रति श्रद्धा व्यक्त करते हैं या क्षमा चाहते हैं, यह कौन कह सकता है।

पुल के ऊपर अंग्रेज़ी, हिन्दी और उर्दू में बोर्ड लगे हैं, जिनमें आस्थावान वैज्ञानिक शब्दावली में पर्यावरण को बचाने की अपील की गयी है। पवित्र नदी को साफ़-सुथरा रखने का महत्त्व बताया गया है। यही नहीं इक्के-दुक्के गार्ड पुल पर दिख जाते हैं जिनका काम पर्यावरण की रक्षा करना है। लेकिन उन्हें आमतौर पर आस्था की रक्षा करते देखा जा सकता है। चूँकि 'आस्था' के साथ उनकी सुरक्षा और कुछ आर्थिक लाभ भी जुड़ा हुआ है इसलिए उनके लिए आस्था का अर्थ बहुत व्यापक हो जाता है।

एक दिन मैंने देखा कि पुल पर एक शानदार गाड़ी रुकी। उतनी शानदार गाड़ियाँ राजनेताओं, व्यापारियों या अपराधियों की ही होती हैं, इसलिए जब उस गाड़ी से विशुद्ध योरोपीय कपड़ों में एक भारतीय महिला उतरी तो कुछ समझ में नहीं आया। गार्ड भी गाड़ी

देखकर आस्थावान हो गया। महिला ने डिक्की से एक बड़ा थैला निकाला। पुल पर हवा तेज़ चल रही थी। महिला का स्कर्ट हवा में उड़ने ही वाला था कि उसने एक हाथ से स्कर्ट दबाया और दूसरे हाथ से थैला लिये वह आगे बढ़ी। गार्ड की आस्था उमंगें भरने लगी। यह साफ़ नज़र आ रहा था कि महिला को एक साथ दो काम करने पड़ रहे हैं। गार्ड इस तरह आगे बढ़ा जैसे वह किसी भी काम में महिला की मदद कर सकता है। लेकिन गार्ड का या कहना चाहिए कूड़िस्तान का दुर्भाग्य यही है कि महिलाएँ उचित कामों के लिए उचित समय पर उचित लोगों से सहयोग नहीं लेतीं। इस बार भी यही हुआ। महिला ने थैला गार्ड को पकड़ा दिया। गार्ड ने जोश में आकर थैला पवित्र नदी के ऊपर उल्टा कर दिया। तेज़ हवा से 'आस्था' के 'फूल' महिला पर झपट पड़े। वह घबरा गयी। जिस आस्था को पवित्र नदी खुशी-खुशी स्वीकार कर लेती उसी को महिला स्वीकार नहीं कर सकी और गार्ड पर गुस्सा करने लगी। मैंने यह देख कर गाड़ी आगे बढ़ा दी।

पवित्र नदी के ऊपर से गुज़रते समय कभी-कभी ऐसी तेज बदबू आती है कि गाड़ी का शीशा बंद करके ए.सी. चलाना पड़ता है। बाकी लोग भी यही करते हैं। पवित्रता को ए.सी. के अंदर से ही देखा जा सकता है। वैसे एक बूढ़ा आस्थावान एक दिन पुल पर आस्था प्रवाहित करने के बाद कह रहा था, ''हे माता, तुम महान हो। जीते जी तो हमारे पाप धोती ही रहती हो, मृत्यु के बाद भी हमें स्वर्गलोक पहुँचाती हो। धन्य हो तुम और धन्य हैं वे पापी, जो तुम्हारे इर्द-गिर्द बसते हैं।''

बूढ़े की यह प्रार्थना सुनकर मैं द्रवित हो गया और सोचा, 'बहुत दिनों से कोई पाप क्यों नहीं किया।' पवित्र नदी के बारे में किसी लेखक का बड़ा अजीब बयान पढ़ा था। उसने लिखा था, 'कूड़िस्तान की सरकार पवित्र नदी की सफ़ाई इसलिए करना चाहती है कि पवित्र

नदी से लोगों की आस्था जुड़ी है। लेकिन पवित्र नदी उस समय तक साफ़ नहीं हो सकती जब तक कि उससे लोगों की आस्थाएँ जुड़ी हुई हैं। यदि पवित्र नदी से लोगों की आस्थाएँ ही समाप्त हो गयीं तो उसे साफ़ क्यों किया जाये?' मैं इस बयान को समझ नहीं पाया तो मैंने उसे पवित्र नदी में फेंक दिया। यह बयान भी पवित्र नदी में उसी तरह बहने लगा जैसे सैकड़ों हज़ार करोड़ रुपये बह रहे हैं।

जितने धनवान लोग होते हैं, उतने ही बड़े मंदिर बनवाते हैं। ऐसा क्यों है यह तो मैं नहीं कह सकता लेकिन ऐसा है ज़रूर। आलीशान गाड़ी में से पॉलीथीन के पाँच बड़े-बड़े थैले निकाले गये। इससे पहले ब्लैक कैट जैसे कपड़ों में एक गनमैन गाड़ी से कूदा था। इधर-उधर नज़र दौड़ाई थी। इसके बाद एक मोटे ताज़े मंत्रीनुमा आदमी उतरे थे, फिर एक सूटधारी और मास्टर शूटर जैसा आदमी बाहर आया था। मतलब यह था कि देश की सत्ता का छोटा-सा चित्र सामने आ गया था।

गनमैन ने इशारे से दो गार्डों को बुलाया। (गार्ड वफ़ादार कुत्तों की तरह भागते हुए आये। ड्राइवर और गार्ड पवित्र काम में लग गये। सब काम 'ऑपरेशन सेवेन स्टार' की तरह हो गया। इस बीच मंत्रीनुमा आदमी ने कुछ अँगड़ाइयाँ लीं; सूटधारी ने मोबाइल पर कुछ देखा। माफियानुमा आदमी ने जेब में हाथ डाल कर कुछ टटोला और आश्वस्त हो गया।

ध्यान दें कि इस पुल से कोई पैदल या साइकिल आदि से नहीं गुज़र सकता। यहाँ सिर्फ़ कारें, स्कूटर आदि ही आ सकते हैं। तो कारविहीन या स्कूटरविहीन श्रद्धालु क्या करते होंगे, इसका अनुमान लगाना मुश्किल है। लेकिन यह सोचा जा सकता है कि शहर के सब बड़े नाले पवित्र नदी में ही गिरते हैं इसलिए यह सब कुछ जो नालों में होता है नदी में प्रवाहित हो जाता है। बहरहाल मुहावरा है 'मन चंगा तो कठौती में गंगा', दूसरा मुहावरा है, 'कुएँ में भांग घुली

है'। दोनों मुहावरे कूड़िस्तान में खूब चलते हैं।

चलिए अब कहानी के अंत पर चलते हैं। पवित्र नदी के ऊपर से रोज़ गुज़रते हुए तरह-तरह के दृश्य देखने को मिलते रहे। कभी आँखें खुल जाती थीं कभी बंद हो जाती थीं, लेकिन एक दिन ऐसा दृश्य देखा कि दिमाग के दरवाज़े खुल गये। लगा इससे पहले यह दृश्य क्यों नहीं देखा था। लगा, यह तो कूड़िस्तान का प्रतीक दृश्य है। मैं कितना सौभाग्यशाली हूँ कि यह दृश्य देख रहा हूँ।

एक कार रुकी खड़ी थी। एक सज्जन (इससे बड़ा शब्द भी प्रयोग किया जा सकता है, जैसे महापुरुष) नदी की ओर मुँह किये रेलिंग से सटे खड़े थे, उनके शरीर का ऊपरी हिस्सा कुछ पीछे की तरफ़ झुका हुआ था। उनके दोनों हाथ सामने की तरफ़ थे। वे खड़े थे। इतना तय था कि वे प्रकृति को निहार नहीं रहे थे, क्योंकि उसके लिए पुल की रेलिंग से इतना सट कर खड़े होने की ज़रूरत नहीं थी। वे आस्था के 'फूल' भी प्रवाहित नहीं कर रहे थे। उनका आत्महत्या करने का इरादा भी नहीं लग रहा था। चूँकि अकेले खड़े थे इसलिए किसी सरकारी विभाग के छोटे-बड़े अधिकारी भी नहीं लग रहे थे। किसी प्रकार के आतंकवादी भी नहीं लग रहे थे, क्योंकि दिनदहाड़े बीच पुल पर खड़े थे।

अचानक मैंने नोटिस किया कि महापुरुष के शरीर से एक पतली-सी जलधारा नीचे पवित्र नदी में गिर रही है। मैं अवाक् रह गया। अगर लाज शरम होती तो पवित्र नदी में कूद कर आत्महत्या कर ली होती। पर मूर्ति जैसा बना खड़ा रहा। मैंने सोचा, 'यह कौन हो सकता है? निश्चित रूप से कोई समर्थ है, क्योंकि दिनदिहाड़े ऐसा काम कर रहा है जिसकी हिम्मत लोग रात-बिरात भी न करेंगे, धनवान लगता है, क्योंकि उसकी कार खड़ी है। पढ़ा-लिखा लगता है, क्योंकि पैंट-शर्ट पहने है।' गाड़ी खड़ी करके मैं जब तक उसके पास पहुँचा वह निपट चुका था। शरीर को दो-चार झटके देने के

बाद वह आगे की तरफ़ झुक कर सीधा खड़ा हो गया। एक बूढ़े आदमी को अपनी ओर आते देख कर उसके चेहरे पर झल्लाहट के भाव आये। वह चिढ़कर देखने लगा। जैसे मैं क्यों इस तरह उसकी तरफ़ आ रहा हूँ।

"ये...ये...आपको..." मैं ठीक से कह भी नहीं पाया कि जो उसने किया है वह नहीं करना चाहिए था। लेकिन वह मेरी बात समझ गया।

"क्यों, क्या ये तेरे बाप की है?" उसने पवित्र नदी की तरफ़ इशारा करके कहा।

"नहीं।"

"तो ये पुल तेरे बाप का है?"

"नहीं।"

"तो फिर क्या ये तेरे बाप का है?" उसने गंदा-सा इशारा किया।

"नहीं।"

वह गाड़ी की तरफ़ बढ़ा और कुछ क्षण में गाड़ी चली गयी। मैं खड़ा रह गया। सोचने लगा, 'वह किस पर मूत कर गया है?'

•

लकड़ी के अब्दुल शकूर की हँसी

[1]

प्रस्तावना—हम तुम्हें मार रहे हैं लेकिन तुम हँस रहे हो। देखो कितनी सच्ची, प्यारी और अनोखी हँसी है। ऐसी हँसी तो शायद तुम पहले कभी नहीं हँसे। या हँसे होगे पर भूल गये। यह अच्छा है कि तुम्हारी याददाश्त कमज़ोर है, तुम उन सबको भूल जाते हो जिन्होंने तुम्हें हँसाया था। तुम दिल खोल कर हँस रहे हो। अब देखो तुम बदल रहे हो। तुम्हारे आँसू नहीं हैं ये तो ओस की बूँदें हैं, जो आकाश से तुम्हारे ऊपर टपक रही हैं। देखो, तुम्हारा अल्लाह भी तुमसे खुश है, क्योंकि तुम खुश हो। देखो, तुम जिन्दा हो। देखो, तुम बोल सकते हो। आगे बढ़ रहे हो। तुम्हारी आने वाली पीढ़ियाँ तुम पर गर्व करेंगी कि तुम कभी नहीं रोये। सिर्फ़ हँसते रहे, सिर्फ़ हँसते हो। हँसते रहो, हमारी यही कामना है।

[2]

अब्दुल शकूर वल्द अब्दुल वहीद वल्द करीम वल्द रहीम वल्द रमना वल्द चमना के अंदर एक बड़ी खूबी पैदा हो गयी है। वैसे तो अब्दुल शकूर बढ़ई का काम करता है। उसकी सात पुश्तों से यही काम होता आया है।

आजकल अब्दुल शकूर बहुत खुश है, क्योंकि उसके अंदर एक खास खूबी पैदा हो गयी है, जो और किसी में नहीं है। मतलब यह कि अब्दुल शकूर जब पीटा जाता है तब वह हँसता है। खुश होता है। इस बात पर उसके घरवाले भी हँसते हैं। तालियाँ बजाते हैं और पीटनेवाला तो फूला नहीं समाता।

[3]

—“अब्दुल, शकूर तुम्हें मार खाने में मज़ा आता है?”

—“जी हाँ, मुझे मार खाने में मज़ा आता है।”

—“कितना मज़ा आता है?”

—“यह तो नहीं बता सकता, लेकिन समझ लीजिए बेहिसाब मज़ा आता है।”

—“कोई भी मारता है तो तुम्हें मज़ा आता है?”

—“नहीं।”

—“फिर कौन मारता है, जब तुम्हें मज़ा आता है?”

—“जब आप मारते हैं तो मुझे मज़ा आता है।”

[4]

—"अब्दुल शकूर, मैं मीडिया के सामने तुमसे एक सवाल पूछ रहा हूँ।"

—"जी पूछिए।"

—"अब्दुल शकूर, मैं जब तुम्हें मारता हूँ तो तुम्हें चोट बिलकुल नहीं लगती?"

—"नहीं, मेरे को नहीं लगती।"

—"तुम्हें बिलकुल दर्द नहीं होता?"

—"नहीं, मुझे कोई दर्द नहीं होता।"

—"तुम्हारी तो खाल तक उधड़ जाती है, तुम्हें बिलकुल तकलीफ़ नहीं होती?"

—"जी नहीं, मुझे बिलकुल तकलीफ़ नहीं होती।"

—"क्यों अब्दुल शकूर?"

—"इसलिए कि आप मुझे लकड़ी का जो समझते हैं।"

[5]

—"अब्दुल शकूर, मैं तुम्हें क्यों मारता हूँ?"

—"इसलिए कि मैं देश से प्रेम नहीं करता।"

—"यह तुम्हें कैसे पता चला कि तुम देश से प्रेम नहीं करते?"

—"सर यह तो मुझे पता ही नहीं चलता अगर..."

—"अगर क्या? बताओ-बताओ?"

—"अगर..."

—"फिर तुम रुक गये...बताओ?"

—"अगर आपने न बताया होता तो..."

[5]

—"अब्दुल शकूर, मैं तुम्हें क्यों मारता हूँ?"

—"इसलिए कि मैं देश से प्रेम नहीं करता।"

—"यह तुम्हें कैसे पता चला कि तुम देश से प्रेम नहीं करते?"

—"सर यह तो मुझे पता ही नहीं चलता अगर..."

—"अगर क्या? बताओ-बताओ?"

—"अगर..."

—"फिर तुम रुक गये...बताओ?"

—"अगर आपने न बताया होता तो..."

[6]

—"मेरा एक बहुत बड़ा दुश्मन है। उसके पास बहुत ताकत है। वह मुझे बर्बाद कर देना चाहता है। मैं उसका सामना करने के लिए हमेशा तैयार रहता हूँ। वह कभी छुपा हुआ वार करता है, कभी सामने से हमला करता है। तुम जानते हो अब्दुल शकूर, वह कौन है?"

—"हाँ, मैं जानता हूँ कौन है।"

—"बताओ, वह कौन है?"

—"मैं हूँ, मैं..."

[7]

—"अब्दुल शकूर, क्या तुम सपने देखते हो?"

—"हाँ जी, मैं सपने देखता हूँ।"

—"क्या सपना देखते हो ?"

—"मैं सपना देखता हूँ कि एक हरी घास का मैदान है और उस मैदान में एक घोड़ा घास चर रहा है।"

—"वह घोड़ा कौन है?"

—"वह मैं हूँ।"

—"फिर क्या होता है?"

—"हरी घास चर ही रहा हूँ तभी मेरे मुँह में लगाम डाल दी जाती है और मैं घास भी नहीं चर पाता।"

—"तब?"

—"तब मेरी पीठ पर कोई बैठ जाता है।"

—"तुम्हारी पीठ पर कौन बैठ जाता है?"

—"मेरी पीठ पर आप ही बैठ जाते हैं और मुझे कोड़ा मारते हैं। मैं तेज़ी से भागता हूँ।"

—"फिर?"

—"सामने से कोई चला आ रहा है।"

—"कौन चला आ रहा है?"

—"मैं ही चला आ रहा हूँ।"

—"फिर?"

—"और मैं अपने को रौंदता हुआ निकल जाता हूँ।"

[8]

—"तुम पढ़ क्यों नहीं पाए अब्दुल शकूर, तमाम स्कूल-कॉलेज खुले हुए हैं?"

—"हाँ, गलती मेरी ही है।"

—"तुम अपना इलाज क्यों नहीं करा पाए अब्दुल शकूर, तमाम अस्पताल खुले हुए हैं?"

—"हाँ, गलती मेरी ही है।"

—"तुम नौकरी क्यों नहीं पा पाये अब्दुल शकूर, तमाम दफ़्तर खुले हुए हैं?"

—"हाँ, गलती मेरी है।"

—"तुम कितनी गलतियाँ करोगे अब्दुल शकूर?"

—"लकड़ी का आदमी गलती नहीं करेगा, तो क्या करेगा साहब..."

[9]

—"अब्दुल शकूर, तुम्हारे घर की दीवार गिर गयी।"

—"कोई बात नहीं, गिर जाने दो।"

—"अब्दुल शकूर, तुम्हारे घर की छत गिर गयी।"

—"गिर जाने दो, कोई बात नहीं।"

—"अब्दुल शकूर, तुम्हारे बीवी-बच्चे नीचे दब गये हैं।"

—"दब जाने दो, कोई बात नहीं।"

—"तुम्हारी दुकान में आग लग गयी है। तुम्हारे सारे औज़ार जल गये। तुम्हारे पास खाने को कुछ नहीं है।"

—"कुछ भी हो जाये, हो जाये।"

—"क्यों अब्दुल शकूर?"

—"अच्छे दिन आयेंगे।"

—"ये तुमसे किसने कहा।"

—"मुझे यकीन है।"

—"कैसे?"

—"आपने ही बताया है...।"

[10]

—"अब्दुल शकूर, तुमने खाना खाया?"

—"खा लिया।"

—"लेकिन तुम्हारे घर में तो कुछ था नहीं।"

—"तुमने पानी पिया?"

—"जी पी लिया।"

—"लेकिन तुम्हारे घर में पानी तो था नहीं।"

—"पर पी लिया।"

—"तुमने कपड़े पहने?"

—"जी पहने।"

—"लेकिन तुम तो नंगे हो।"

—"तुमने इलाज कराया?"

—"करा लिया।"

—"लेकिन तुम तो बीमार दिखाई दे रहे हो, अब्दुल शकूर।"

—"आप भी कमाल करते हैं...मैं बहुत खुश हूँ...लकड़ी का आदमी हूँ न..."

[11]

(अब्दुल शकूर का जैसा अंत हुआ वैसा काश, हम सबका हो। आमीन)

अब्दुल शकूर मस्जिद में नमाज़ पढ़ने गया। वह नमाज़ पढ़ने को खड़ा होने ही वाला था कि मस्जिद की एक भारी मीनार टूट कर उसके ऊपर गिरी और अब्दुल शकूर उसके नीचे कुचल कर मर गया।

मरने के बाद उसका पोस्टमार्टम किया गया है। रिपोर्ट यह आयी कि मरने से पहले वह हँस रहा था।

•

नये ईसा मसीह

(हिन्दी के वरिष्ठ और प्रतिष्ठित कवि, व्यंग्यकार और पत्रकार विष्णु नागर जी को समर्पित)

एक नये ईसा मसीह हैं। उनसे सभी खुश हैं। उनकी लोकप्रियता आसमान को छू रही है। हर आदमी उनके ऊपर बलिदान होने को तैयार है। वे जहाँ जाते हैं लोग अपनी आँखें बिछा देते हैं।

इसी समय कोई और आया। उसने कहा कि वह ईसा मसीह हैं। अब ईसा मसीह दो हो गये। एक को हम कह सकते हैं नये ईसा मसीह और दूसरे को कह सकते हैं पुराने ईसा मसीह।

नये ईसा मसीह को जब यह पता चला कि कोई और भी अपने आपको ईसा मसीह कह रहा है तो वे गुस्से से पागल हो गये। उन्होंने कहा, ''किसकी हिम्मत है कि कोई और अपने को ईसा मसीह कह सके। मैं देख लूँगा। मैं समझ लूँगा। मैं दिखा दूँगा। मैं कर दूँगा। मैं फोड़ दूँगा। मैं तोड़ दूँगा। मैं चीर दूँगा। मैं फाड़ दूँगा। मैं बजा दूँगा। मैं घटा दूँगा। मैं मिटा दूँगा। मैं घुसेड़ दूँगा।...मैं ईसा मसीह था, हूँ और रहूँगा।

पुराने ईसा मसीह को जब ये पता चला कि कोई उनसे खुश नहीं है तो पुराने ईसा मसीह नये मसीह के सामने आये और अपना एक गाल

उनके आगे कर दिया। नये मसीह ने उनके गाल पर एक ज़ोर का थप्पड़ मारा। पुराने मसीह ने दूसरा गाल आगे कर दिया। नये मसीह ने उस पर भी ज़ोर का तमाचा मारा। पुराने मसीह ने फिर पहला गाल आगे कर दिया। पुराने मसीह को नये मसीह लगातार तमाचे मारते रहे। यहाँ तक कि पुराने मसीह अधमरे हो गये।

और फिर नये मसीह ने पुराने ईसा मसीह को सूली पर टाँग दिया।

जनता ने करतल ध्वनि से नये ईसा मसीह का समर्थन किया।

लाखों लोगों की भीड़ को नये ईसा मसीह ने संबोधित किया है।

—"असली ईसा मसीह कौन है? आप लोग बताओ? मैं हूँ या यह आदमी है जो सूली पर चढ़ा है?"

—"आप हैं, आप हैं।" जनता एक स्वर में बोली।

—"सच्चा कौन है, मैं हूँ या यह आदमी है जो सूली पर चढ़ा है?"

—"आप हैं, आप हैं।"

—"तुम किसके आदेश मानोगे, मेरे या इस आदमी के जो सूली पर चढ़ा है?"

—"आपके, आपके आदेश।" पूरी जनता ने कहा।

—"तुम मुझे वोट दोगे या इस आदमी को जो सूली पर चढ़ा है?"

—"आपको, आपको।"

—"किस पर विश्वास करते हो, जो सूली पर चढ़ा है या मुझ पर?"

—"आप पर और आप पर और आप पर।" जनता ने एक स्वर से कहा।

सूली पर लटके ईसा मसीह की आँखें धीरे-धीरे बंद हो रही थीं। लोग यह समझे कि उनकी आँखें वास्तव में 'बंद' हो जायेंगी।

पर पुराने ईसा मसीह की आँखें कभी 'बंद' नहीं होतीं।

•

शिक्षा के नुकसान

बुकरात युओसिया शहर की एक गली से गुज़र रहे थे कि कुछ लोगों ने उन्हें रोका और उनसे कहा, ''बुकरात हम तुमसे कुछ पूछना चाहते हैं।''

बुकरात ने कहा, ''तुम सब का स्वागत है।''

लोगों ने कहा, ''बुकरात तुम शिक्षा के विरोधी क्यों हो? तुमने अपने किसी बेटे को नहीं पढ़ाया। पड़ोसियों के बेटों को शिक्षा लेने से रोका। तुम अध्यापकों और छात्रों के दुश्मन क्यों हो? तुम स्कूलों को तोड़-फोड़ देते हो। क्या बात है इसके पीछे क्या रहस्य है?''

बुकरात ने गहरी साँस ली। अपने शानदार वस्त्र को बदन के चारों ओर लपेटा। अपनी एक 'सेल्फ़ी' ली और इस तरह बोले, ''मैं सभी देवताओं को गवाह बना कर ये बात कह रहा हूँ। हे युओसियावासियों उसे सुनो। मेरी बातें संजोकर रखो ताकि आने वाली पीढ़ियाँ उससे लाभान्वित हो सकें। मैं तुम्हें नीति कथाएँ सुनाता हूँ जिससे तुम समझ जाओगे कि शिक्षा की क्या हानियाँ हैं।''

कथा एक

इसकोफोनिया शहर में एक धोबी और उसकी पत्नी बड़े आराम से अपना जीवन बिता रहे थे। उनके पास एक इतालवी मूल का गधा था जिसकी हर बात वे मानते थे। और अपना एकमात्र सहारा उसी गधे को मानते थे।

चिंता की बात यह थी कि धोबी को कोई औलाद न थी। वह रात-दिन इसी दुख में घुला करता था। एक दिन धोबी और उसकी

पत्नी एक स्कूल के पीछे से गुज़र रहे थे कि उन्होंने अध्यापक की आवाज़ सुनी। अध्यापक छात्रों से कह रहा था, ''गधों, मैंने इतनी मेहनत करके तुम्हें आदमी बनाया है। और तुम मेरी बात नहीं मानते।''

धोबी और धोबिन दोनों यह सुनकर बहुत खुश हो गये और उन्होंने सोचा कि क्यों न हम अपने गधे को आदमी बनवा लें। इस तरह हमारे औलाद हो जायेगी।

अगले दिन धोबी और धोबिन अपने गधे को लेकर अध्यापक के घर पहुँचे और अध्यापक से कहा कि हमारे गधे को आदमी बना दो। अध्यापक ने कहा, ''ऐसा कैसे हो सकता है गधा आदमी नहीं बन सकता।'' धोबी ने कहा, ''नहीं, तुम हमें टाल रहे हो। तुम्हें आदमी को गधा बनाने की कला आती है।'' अध्यापक ने फिर भी इनकार किया। तब धोबी ने कहा, ''देखो हमारे पूरे जीवन की कमाई तुम ले लो लेकिन हमारे गधे को आदमी बना दो। हमारे कोई औलाद नहीं है, यही हमारा बेटा हो जायेगा।''

धोबी ने अध्यापक को अपने पूरे जीवन की कमाई दिखाई, जिसमें सोना, चाँदी, रुपया-पैसा बहुत कुछ था। अध्यापक के मन में लालच आ गया। उसने रुपया और गधा ले लिया। धोबी से कहा कि गधे को आदमी बनाने में कुछ समय लग जायेगा। तीन साल बाद आओ।

धोबी खुशी-खुशी अपने घर लौट गया। निर्धारित समय के बाद धोबी अध्यापक के पास आया और उसने कहा कि हमारा गधा जो आदमी बन चुका होगा हमें दे दो।

अध्यापक ने कहा, ''तुमने देर कर दी। तुम्हारा गधा तो बहुत समझदार था। बहुत जल्दी आदमी बन गया था और अब तो वह एक सियोफाई देश के राजा का प्रधानमंत्री बन गया है।''

धोबी ने कहा, ''हम उस तक कैसे पहुँच पाएँगे?''

अध्यापक ने कहा, ''तुम पश्चिम दिशा में चले जाओ। तुम्हें सियोफाई राज्य मिलेगा। तुम्हारा गधा वहाँ का प्रधानमंत्री है।''

धोबी ने कहा ''हम उसे पहचानेंगे कैसे?''

अध्यापक ने कहा ''वह बन तो गया है प्रधानमंत्री, पर जब तुम उसे देखोगे तो वह गधा ही दिखाई देगा। यही उसकी पहचान है।''

युओसियावासी ध्यान से कथा सुन रहे थे। उन्होंने पूछा ''और फिर क्या हुआ बुकरात।''

बुकरात ने ठंडी सांस लेकर कहा ''धोबी और धोबिन को गधा तो मिल गया लेकिन उसने धोबी और धोबिन को पहचानने से इनकार कर दिया।

''धोबी और धोबिन बहुत रोये-गाये, बहुत सिर पटका लेकिन कुछ न हुआ। उल्टा उन्हें जेल में बंद कर दिया गया। फिर डंडे मारकर भगा दिया गया। और दोनों निराश अपने देश लौट आये। उनका जीवन बर्बाद हो गया।

''तो देखो भले नागरिको, अध्यापक ने गधे को गधा ही रहने दिया होता तो धोबी और धोबिन का जीवन बर्बाद न होता।

''तो शिक्षा से सबसे बड़ा नुकसान यह है कि वह गधे को आदमी बना देती है।''

कथा दो

बुकरात ने ठंडी साँस लेकर दूसरी कहानी शुरू की। उसने कहा,

''किसी शहर में एक ईमानदार आदमी रहता था। उसने अपने लड़के को बड़ी मेहनत से पढ़ाया-लिखाया। लड़का पढ़-लिख कर आया तो अपने पिता से सवाल करने लगा। मोहल्लेवालों से सवाल करने लगा। शहर के लोगों से सवाल करने लगा। देश के लोगों से सवाल करने लगा। वह एक ही सवाल करता था।

''पूछता था—जब सब कुछ भगवान, ईश्वर, अल्लाह और गॉड ने बनाया है तो हर चीज़ पर अलग-अलग लोगों का अधिकार क्यों है?

"उसके इस सवाल से पहले लोग घबराने लगे। उसके बाद डरने लगे। फिर गुस्सा आने लगा और फिर उन्हें इतना गुस्सा आया कि लोगों ने उसकी हत्या कर दी।

"तो हे नागरिको, अगर वह लड़का पढ़ा-लिखा न होता तो उसकी हत्या क्यों होती?"

कथा तीन

सोनिया गणराज्य में एक पढ़े-लिखे आदमी को सेना में भर्ती कर लिया गया। सेना ने सोचा कि पढ़ा-लिखा आदमी है, बहुत अच्छी तरह युद्ध करेगा। एक बार पड़ोसी राज्य से लड़ाई हुई। सोनिया गणराज्य की सेना को आदेश दिया गया कि पड़ोसी राज्य ऑटोगुनिया की सेना पर आक्रमण कर दें। पढ़ा-लिखा सैनिक सामने आ गया और उसने कहा कि क्यों?

आदेश देने वाले सेनापति ने कहा है कि वह हमारे शत्रु हैं।

पढ़े-लिखे सैनिक ने कहा, "कैसे?"

सेनापति ने कहा, "क्यों और कैसे का कोई अर्थ नहीं है। तुम उन पर आक्रमण कर दो और उन्हें नष्ट कर दो।"

पढ़े-लिखे सैनिक ने कहा कि जब तक क्यों और कैसे का उत्तर नहीं दिया जायेगा, मैं आक्रमण नहीं करूँगा।

सेनापति ने अपनी तलवार निकाली और पढ़े-लिखे सैनिक की हत्या कर दी।

हे नगरवासियो, सुनो और सोचो, यदि सैनिक पढ़ा-लिखा न होता तो उसकी हत्या क्यों की जाती।

कथा चार

हे नगरवासियो, तुम्हें पता है कि मेरे बड़े भाई सुकरात को ज़हर का प्याला क्यों पीना पड़ा था?

वे बहुत पढ़े-लिखे है और विद्वान व्यक्ति थे। उनका गणित, खगोलशास्त्र, भौतिकी, ज्योतिष शास्त्र और दर्शनशास्त्र में बहुत नाम है।

उनका शोध करने का एकमात्र रास्ता प्रश्न पूछना था। अपने आप से, लोगों से, समाज से, ईश्वर से, देवताओं से वे सवाल पूछा करते थे।

उनके सवालों के जवाब उनके पास भी नहीं थे। वे कहते थे कि सवाल उठाना ज़रूरी है। उत्तर आने वाली पीढ़ी भी दे सकती है।

लेकिन लोग उनके सवालों से बहुत उत्तेजित हो जाते थे। उन्हें गुस्सा आ जाता था। और आखिरकार जब उनके सवालों का पहाड़ इतना बड़ा हो गया कि बड़े से बड़ा आदमी उसके नीचे दबने लगा तब उनके खिलाफ़ एक षड्यंत्र किया गया।

बहुमत ने उन्हें ज़हर का प्याला पीने की सज़ा दे दी।

सोचो लोगों, यदि वे पढ़े-लिखे न होते तो उन्हें ज़हर का प्याला क्यों पीना पड़ता?

कथा पाँच

एक बार अजीब घटना घटी।

लोगों ने देखा बुकरात एक किताब पढ़ रहे हैं। लोगों ने उन्हें घेरा और पूछा—''आप तो शिक्षा के बड़े विरोधी हैं फिर किताब क्यों पढ़ रहे हैं'' बुकरात ने ठंडी साँस ली और कहा—''ये किताब नहीं है।''

—''देखने से तो किताब ही लगती है।''

—''यह मेरे पिता जी को उनके पिता जी से मिली थी। दादा जी को उनके पिता जी ने दी थी। उनको उनके और उनको उनके...''

—''कितनी पुरानी है ये पुस्तक?''

—''सैकड़ों, हज़ारों साल पुरानी है...उस समय की है जब लोगों को लिखना भी नहीं आता था।''

—''इस पुस्तक में क्या लिखा है?''

—''इसमें लिखा है, इसके बाद जो पुस्तकें लिखी जायेंगी उन्हें न पढ़ा जाये, न उन पर विश्वास किया जाये।''

•

तीन तलाक

"मैं तीन तलाक और बुर्के का विरोधी हूँ।"

—"मैं भी हूँ। पर आप तीन तलाक और बुर्के के क्यों विरोधी हैं?"

—"इसलिए विरोधी हूँ कि मैं मुस्लिम महिलाओं का भला चाहता हूँ। तीन तलाक और पर्दा मुस्लिम महिलाओं का शोषण है। उनके लिए अमानवीय है।"

—"आप मुस्लिम महिलाओं के प्रति बहुत संवेदनशील हैं।"

—"हाँ हूँ। इसमें क्या बुराई है?"

—"बड़ी अच्छी बात है। यह बताइए आदिवासी और दलित महिलाओं के प्रति भी आपके मन में संवेदना है, सहानुभूति है?"

—"हाँ है।"

—"तो आप उनके लिए क्या करते हैं?"

—"जब तक वे बुर्का नहीं पहनने लगेंगी और उनके समाज में तीन तलाक नहीं होने लगेगा तब तक मैं क्या कर सकता हूँ?"

•

बीज और ज़मीन

वह बड़ा अजीब आदमी है। अपनी दोनों जेबों में हमेशा बीज भरे रहता है। तरह-तरह के बीज। ऐसे बीज जो ज़मीन में डाल दिये जाये तो तरह-तरह के पौधे, पेड़, फूल और फल निकलते हैं।

वह जेबों में बीज भरे रहता है। सबको दिखाता है। देख रहे हो, ये बीज हैं। अच्छी तरह देख लो, ये बीज हैं। जाँच-परख लो, ये बीज हैं। वह लोगों को अच्छी तरह दिखाता और समझाता है कि ये बीज ही हैं। जब लोग मान लेते हैं कि ये बीज हैं, तब वह हँस कर कहता है कि हाँ, ये बीज हैं। वह इस तरह कहता है जैसे बीज का मखौल उड़ा रहा हो। फिर ठहाका मारकर इतनी ज़ोर से हँसता है कि ज़मीन से लेकर आसमान तक सब कुछ हिल जाता है। वह अपनी जेबों से बीज निकाल-निकाल कर उन्हें हवा में उछाल देता है। हवा में लहराते हुए बीज ज़मीन पर गिरते हैं।

मौसम बदलते हैं। गर्मी का मौसम जाता है। बरसात आती है। सर्दी आती है। फिर गर्मी का मौसम आता है। बरसात होती है। लेकिन बीज से अंकुर नहीं निकलते। कोई पौधा नहीं निकलता।

वह ठहाके लगाता हुआ कहता है, देखो, मैंने बीज से ज़मीन का नाता तोड़ दिया है। अब बीज का ज़मीन से कोई नाता नहीं है।

•

आवाज़ का जादू

कुछ पुरानी बात है, मंदिर और मस्जिद में एक अजीब तरह का कॉम्पिटीशन शुरू हो गया था। यह लाउडस्पीकर की आवाज़ के बारे में था। मंदिरवाले और मस्जिदवाले एक-से-एक बड़ा लाउडस्पीकर लगा रहे थे और यह चाहते थे कि उनके लाउडस्पीकर की आवाज़ दूसरे के लाउडस्पीकर की आवाज़ से तेज़ हो जाये और ज़्यादा दूर तक जाये, ज़्यादा लोग सुनें। कॉम्पिटीशन बढ़ता चला गया। मंदिरवालों ने अमेरिका से इंजीनियर बुलाए और मंदिर पर एक बहुत बड़ा लाउडस्पीकर लगवाया। मस्जिदवाले रूस से इंजीनियर लाए और मंदिर पर लगे लाउडस्पीकर से बड़ा लाउडस्पीकर बनवाया। यह होता रहा। लाउडस्पीकरों की आवाज़ें बढ़ती रहीं। और इतनी बढ़ गयीं कि मंदिर और मस्जिद में जब एक साथ लाउडस्पीकर पर भजन गाए गये और अजान दी गयी तो आवाज़ इतनी तेज़ थी कि सब सुननेवालों के कान फट गये। भजन गानेवालों और अजान देनेवालों के कान भी फट गये।

फिर यह हुआ कि मंदिर और मस्जिद से आने वाली आवाज़ें किसी को न सुनाई देती थीं, क्योंकि सबके कान फट चुके थे।

पर भजन होते रहे। अजानें होती रहीं...

यह आज तक जारी है।

(ये एक पुरानी पोस्ट है)।

•

दुश्मन-दोस्त

[1]

"तुम हमारे दुश्मन हो?"

—"बिलकुल नहीं।"

—"1: भी नहीं हो?"

—"नहीं जी 1: भी नहीं हूँ।"

—"कभी थे?"

—"नहीं जी।"

—"कभी नहीं होगे?"

—"कभी नहीं होंगे।"

—"किसकी कसम खाकर कह सकते हो?"

—"जिसकी आप कहें।"

—"ठीक है तो तुम हमारे साथ हो।"

—"हाँ, मैं आपके साथ हूँ।"

—"पूरी तरह साथ हो।"

—"हाँ, पूरी तरह साथ।"

—"मेरे विचारों से सहमत हो?"

—"हम आपके विचारों से सहमत हैं।"

—"मेरे सभी विचारों से सहमत हो?"

—"हाँ, आपके सभी विचारों से सहमत हूँ।"

—"हमारे सभी कामों से सहमत हो?"

—"हाँ आप के सभी कामों से सहमत हूँ।"

—''हमने आज तक जो भी किया है उससे सहमत हो?''
—''हाँ, आपने आज तक जो भी किया है उससे सहमत हूँ।''
—''हम जो भी करेंगे उससे तुम सहमत होगे?''
—''हाँ, आप जो भी करेंगे उस से मैं सहमत हूँगा''
—''हम जो नहीं करेंगे उससे भी तुम सहमत होगे?''
—''हाँ, आप जो नहीं करेंगे उससे भी हम सहमत होंगे।''
—''नहीं, तुम हमसे सहमत नहीं हो।''
—''यह आप कैसे कह सकते हैं?''
—''हम जो चाहें कह सकते हैं...हमसे सहमत नहीं हो?''
—''नहीं, नहीं ऐसा कैसे हो सकता है, मैं आपसे सहमत हूँ।''
—''तो तुम हमसे सहमत नहीं हो।''
—''जी...।''
—''तुम हमारे विरोधी हो।''
—''जी...।''
—''तुम हमारे शत्रु हो।''
—''जी...।''
—''तुम हमारे पक्के शत्रु हो।''
—''जी...।''
—''तुम्हारे कारण ही देश की सारी समस्याएँ हैं।''
—''जी...''
—''तुम न रहोगे तो ये सारी समस्याएँ दूर हो जायेंगी।''
—''जी...।''
—''पर तुमको रहना पड़ेगा।''
—''जी, क्या कह रहे हैं...रहना पड़ेगा।''
—''हाँ, रहना पड़ेगा।''
—''जी, समझा नहीं।''
—''तुमको रहना पड़ेगा।''

—''ठीक है जी...पर मैं समझा नहीं।''

—''नहीं, तुम न समझ पाओगे। तुम बस मान लो कि तुम हमारे दुश्मन हो।''

—''जी।''

—''सदा थे, हो और रहोगे।''

—''जी...पर क्यों?''

—''इसलिए कि तुम हमारे दुश्मन न रहे तो हम न रहेंगे...''

[2]

—"सुनो।"

—"कहो।"

—"तुम हमारे दुश्मन ही बने रहो।"

—"दोस्त क्यों न बनूँ?"

—"दुश्मन का रिश्ता आसान है।"

—"और दोस्त का रिश्ता।"

—"बहुत मुश्किल है।"

—"कैसे?"

—"दुश्मन को मार देना आसान है।"

—"और दोस्त?"

—"दोस्त से दोस्ती निभाना मुश्किल है।"

[3]

—"सुनो।"

—"कहो।"

—"तुम हमारे दुश्मन ही बने रहो।"

—"क्यों?"

—"ताकि हम डरते रहें।"

—"डरने से क्या फ़ायदा होगा?"

—"डरने के फ़ायदे ही फ़ायदे हैं।"

—"क्या फ़ायदे हैं?"

—"सबसे बड़ा फ़ायदा बताऊँ।"

—"हाँ, बताओ।"

—"सबसे बड़ा फ़ायदा है, हम जब तक डरते नहीं तब तक एक-दूसरे का हाथ नहीं पकड़ते।"

[4]

—"सुनो।"

—"कहो।"

—"तुम हमारे दुश्मन ही बने रहो।"

—"क्यों?"

—"उससे हमें गुस्सा आता है।"

—"गुस्सा आने से क्या फ़ायदा होता है?"

—"गुस्सा आने के फ़ायदे ही फ़ायदे हैं।"

—"क्या फ़ायदे हैं?"

—"गुस्से से हमारे हाथ पैर चलते रहते हैं, खाना पचता रहता है, रक्तचॉप सही रहता है और हम बाकी सब भूले रहते हैं।"

[5]

—"हमारे दुश्मन, तुम अपने बारे में जो सोचते हो वह सही है?"

—"जी सही है।"

—"ये तुम्हें किसने बताया कि तुम अपने बारे में जो सोचते हो वह सही है?"

—"जी किसी ने नहीं।"

—"तब तो वह गलत है।"

—"क्यों?"

—"क्योंकि तुम अपने बारे में सही नहीं जानते।"

—"फिर कौन हमारे बारे में सही जानता है?"

—"हम...इसलिए तुम अपने बारे में जो कहते हो वह सच नहीं है।"

—"फिर हमारे बारे में सच क्या है?"

—"जो हम कहते हैं।"

•

देशहित

[1]

मैं देश से बहुत प्रेम करता हूँ।

—"कितना प्रेम करते हो?"

—"बहुत ज़्यादा।"

—"कितना ज़्यादा?"

—"बहुत-बहुत-बहुत ज़्यादा।"

—"यह तो बड़ी अच्छी बात है। ये बताओ कि तुम देश से प्रेम कैसे करते हो?"

—"कैसे का मतलब?"

—"मतलब किस तरह।"

—"क्या मतलब?"

—"देखो, माँ बच्चे को प्यार करती है तो उसे चूमती है, सहलाती है और गले से लगा लेती है...तुम देश से किस तरह प्रेम करते हो?"

—"माँ के प्रेम से बहुत बड़ा है मेरा देश प्रेम।"

—"पर करते कैसे हो?"

—"ये...तो...कल बताऊँगा।"

[2]

—''मैं बहुत बड़ा देशभक्त और देशप्रेमी हूँ।''

—''बहुत अच्छी बात है, पर देशभक्ति और देशप्रेम में आप क्या करते हैं?''

—''क्या देशभक्त और देशप्रेमी होने के लिए कुछ करना भी पड़ता है?''

[3]

—"आज़ादी से पहले देशभक्त अंग्रेज़ों के खिलाफ़ प्रदर्शन करते थे। लाठी, डंडे और गोलियाँ खाते थे। जेल जाते थे...फाँसी पर चढ़ते थे।"

—"और आज के देशभक्त क्या कर रहे हैं?"

—"पुराने देशभक्तों को फाँसी के तख्ते से उतार रहे हैं।"

—"क्यों?"

—"ताकि उन्हें फिर फाँसी दी जा सके।"

[4]

—"पहले देशभक्त जनता से कहते थे, 'तुम हमें खून दो हम तुम्हें आजादी देंगे'।"

—"आज के देशभक्त क्या कहते हैं, 'तुम हमें वोट दो हम तुम्हें साड़ियाँ देंगे, लैपटॉप देंगे, साइकिलें देंगे, पैसा देंगे'।"

[5]

—''ज़ोर से बोलो तुम देशभक्त हो।''

—''मैं ज़ोर से बोला कि मैं देशभक्त हूँ।''

—''बहुत ज़ोर से बोलो कि तुम देशभक्त हो।''

—''मैं और ज़ोर से बोला कि मैं देशभक्त हूँ।''

—''उसने कहा कि और ज़ोर से चीख कर बोलो कि मैं देशभक्त हूँ।''

—''मैं बहुत ज़ोर से, बहुत ज़्यादा ज़ोर से चिल्लाकर बोला कि मैं देशभक्त हूँ।''

इतना अधिक चिल्लाने से मेरा गला फट गया।

—उसने कहा, ''नहीं तुम देशभक्त नहीं हो।''

—मैंने पूछा, ''कैसे?''

—उसने कहा, ''तुम्हारे चीख कर कहने से कि तुम देशभक्त हो किसी के कान नहीं फटे।''

[6]

—"मैं देश से बहुत प्रेम करता हूँ।"

—"तो आप देशवासियों से भी प्रेम करते होंगे?"

—"नहीं, मैं देशवासियों से प्रेम नहीं करता।"

—"क्यों?"

—"क्योंकि वे देश से प्रेम नहीं करते!"

—"यह आपको किसने बताया कि वे देश से प्रेम नहीं करते?"

—"यह मैंने अपने आपको बताया है...।"

[7]

देश के सबसे बड़े देशप्रेमी ने देशप्रेम नापने की एक मशीन बनवाई है। इस मशीन में आदमी बैठ जाता है और सुई घूमने लगती है। पता चल जाता है कि कौन देश से कितना प्रेम करता है। देश को सबसे अधिक प्रेम करने वाला लोगों को पकड़कर इस मशीन में बिठाता है और देशभक्ति की परीक्षा लेकर उनके भाग्य का फ़ैसला कर देता है।

एक दिन लोगों ने मौका पाकर देश के सबसे बड़े देशभक्त को मशीन में बिठा दिया। देश को सबसे अधिक प्रेम करने का दावा करने वाला जब मशीन में बैठा तो सुई नहीं चली। सब परेशान हो गये। मशीन से आवाज़ आयी, ''इन्हें मशीन से उतार दो, इनका देशप्रेम नहीं नापा जा सकता।''

—''क्यों?'' लोगों ने पूछा।

मशीन ने कहा, ''इन्होंने इसी शर्त पर यह मशीन लगवाई है कि इससे इनका देशप्रेम कभी न नापा जाये...।''

[8]

—"जज साहब, आज मैंने एक देशद्रोही की सरेआम हत्या कर दी। सैकड़ों लोग देख रहे थे। मैंने उसको बहुत बेदर्दी से मार डाला।"

—"क्या उसका कोई वकील है, जिसको आपने मार डाला है?"

—"जी नहीं।"

—"क्या उसके कोई गवाह हैं?"

—"जी नहीं।"

—"कोई दोस्त, मोहल्लेदार, संबंधी बाल-बच्चे हैं?"

—"नहीं।"

—"आपको बाइज़्ज़त रिहा किया जाता है।"

—"मुझे गिरफ़्तार ही कब किया गया था मी लॉर्ड..."

[9]

एक आदिवासी से देशप्रेमी ने पूछा,

"तुम देश से प्रेम करते हो ?" आदिवासी उस वक्त पानी पीने के लिए कुआँ खोद रहा था। वह सैकड़ों साल से प्यासा था। आदिवासी ने देशप्रेमी की बात का जवाब नहीं दिया और कुआँ खोदता रहा।

देशप्रेमी ने फिर पूछा, क्या तुम देश से प्रेम करते हो ?

पता नहीं कैसे आदिवासी की कुदाल एक ऐसी दिशा में चली कि फिर उससे यह प्रश्न पूछनेवाला न रहा कि तुम देश से प्रेम करते हो या नहीं ?

[10]

देशप्रेमी ने एक दलित से पूछा, ''तुम देश से प्रेम करते हो?''

दलित ने कहा, ''मैं तुम्हें मंदिर के अन्दर आकर इस सवाल का जवाब दे सकता हूँ।''

देशप्रेमी ने कहा, ''मुझे उत्तर मिल गया है। तुम देश से प्रेम नहीं करते हो।''

•

नायक की कॉमेडी

[1]

टेलर मास्टर ने नायक के लिए ऐसे कपड़े सिये हैं जिन्हें पहनकर वह बिलकुल नंगा लगता है।

"मैं कैसा लग रहा हूँ?"

नायक लोगों से यह सवाल पूछता है।

लोग कहते हैं कि आप तो बहुत सुंदर लग रहे हैं। आपके कपड़े लगता है किसी माहिर दर्ज़ी ने सिये हैं।

नायक प्रसन्न हो जाता है, जबकि उसको भी मालूम है कि वह नंगा है। देखनेवाले भी जानते हैं कि वह पूरा नंगा है, लेकिन उसे देखकर कोई यह नहीं कहता था कि वह नंगा है, क्योंकि लोग जानते हैं कि नंगे को नंगा कहना कितना खतरनाक हो सकता है।

एक बार एक सीधे-सादे, भोले-भाले आदमी ने उससे कह दिया, "तुम तो नंगे।"

सीधे-सादे भोले-भाले आदमी के पास 'सम्मान' की एक पुरानी चादर थी। नायक ने चादर छीन ली। उसे फाड़कर तार-तार कर दिया, अपने पैरों से कुचला और बोला, "लाखों रुपये का सूट पहननेवाले को नंगा कहने का इनाम तुम्हें मिल गया।"

[2]

नायक गंगा जी में स्नान करने गया। गंगा जी ने उसके समक्ष हाथ जोड़ दिये और कहा, ''कृपा करके तुम अन्दर मत आना।''

नायक ने कहा, ''क्यों, करोड़ों साल से तुम पापियों के पाप धो रही हो। क्या मेरे पाप नहीं धो सकती हो?''

गंगा जी ने कहा, ''मुझे अपनी पवित्रता की सौगंध है। मैं तुम्हारे पाप नहीं धो सकती।'' नायक ने कहा, ''बहुत टें-टें कर रही हो...जनमत संग्रह करवा दूँ? दूध का दूध और पानी का पानी हो जायेगा।''

गंगा जी ने कहा, ''नहीं ऐसा मत करना।''

नायक पूरे आत्मविश्वास के साथ धीरे-धीरे गंगा जी की तरफ़ बढ़ने लगा और गंगा जी भयभीत होकर धीरे-धीरे पीछे हटने लगीं। होते-होते गंगा जी तराई के इलाके में पहुँच गयीं। नायक भी वहाँ पहुँच गया। फिर गंगा जी पहाड़ों की तरफ़ भागीं। नायक वहाँ भी पहुँच गया। फिर गंगा जी गंगोत्री पहुँच गयीं, लेकिन उन्होंने देखा कि नायक वहाँ पहले से मौजूद था।

गंगा जी घबराकर शिवजी की जटाओं में चली गयीं, तब कहीं जाकर बच सकीं।

जय-जय गंगा माता...

[3]

नायक में गज़ब का आत्मविश्वास है। वह अपने आपको संसार का सबसे बड़ा विद्वान मानता है, सबसे बड़ा विचारक मानता है, सबसे अधिक शक्तिशाली मानता है, सबसे बड़ा अर्थशास्त्री मानता है। संसार का सबसे सुंदर आदमी मानता है। वह अपने ऊपर रीझा रहता है। वह शूटिंग में जाने से पहले कई घंटे अपने आपको निहारता रहता है। अपने आपको ही प्रेम करता है। जितना प्रेम अपने को करता है उतना प्यार अपने टेलर मास्टर को भी नहीं करता।

नायक ने अपनी एक बड़ी विशाल प्रतिमा बनवाई है। बहुत बड़ी, बहुत ऊँची, बहुत चौड़ी प्रतिमा है, जो मीलों दूर से दिखाई देती है। प्रतिमा इतनी बड़ी है जितना बड़ा दिल्ली के रामलीला मैदान में रावण होता है।

लेकिन रावण जल जाता है। नायक की प्रतिमा नहीं जलती।

[4]

नायक की जेबों में तरह-तरह की चीज़ें भरी रहती हैं। वह जब चाहता है, जो चाहता है वह निकाल देता है। एक दिन उसने 'न्याय' को अपनी जेब से निकाला। यह एक छोटा-सा चमकता पत्थर था।

नायक ने उसे और अधिक घिसा, उसे और चमकीला और छोटा बनाया और अपनी जेब में रख लिया।

लोगों ने पूछा, "आपकी जेब में क्या-क्या है?"

नायक हँसने लगा, उसने कहा, "तुम किसी भी आदमी का नाम लो, किसी भी चीज़ का नाम लो। किसी भी विचार का नाम लो...संक्षेप में यह समझ लो...तुम जो कुछ कहोगे, तुम जो कुछ चाहते हो, जो तुम्हें प्रिय है वह सब मेरी जेब में है।"

यह कहकर नायक ने अपनी जेब को पलट दिया और उसमें से न्याय, प्रेम, बराबरी, सहयोग, भाईचारा, त्याग, बलिदान, अहिंसा, एकता निकलकर फुदकने लगे।

[5]

नायक के अन्दर अनेक विशेषताएँ हैं। उसके सैकड़ों गुण हैं। उसकी एक विशेषता यह है कि वह लोगों से जो भी कहता है, लोग उसे सच मान लेते हैं। एक दिन नायक ने लोगों से कहा कि वह बहुत बड़ा रसोइया है, बहुत अच्छा, बड़ा स्वादिष्ट, बड़ा मज़ेदार खाना बनाता है। लोगों ने मान लिया।

लोगों ने उसे चावल, दूध, शक्कर, खोया और सूखे मेवे लाकर दिया है। नायक ने बहुत बड़े बर्तन में यह सब डाल दिया और उसे आग पर चढ़ा दिया।

सभी लोग खीर बन जाने का इन्तज़ार करने लगे। काफ़ी देर पकाने के बाद नायक ने जब ढक्कन खोला तो लोगों को देखकर बड़ा आश्चर्य हुआ कि बर्तन में आलू की भाजी बन कर तैयार हो गयी थी।

लोगों ने नायक से कहा कि हमने तुम्हें खीर पकाने का सामान दिया था। तुमने हमारे सामने बड़े बर्तन में दूध, चावल और चीनी आदि डाली थी। ये आलू की भाजी कैसे बन गयी? नायक ने कहा, ''मुझे पकाने के लिए चाहे जो दो, पक कर वही आयेगा, जो मैं चाहता हूँ।''

•

दूसरी मिस्टेक

मंटो बड़े ज़बरदस्त कहानीकार थे। 'मिस्टेक' मंटो की लिखी हुई कहानी है। हिन्दू-मुस्लिम दंगों के दौरान एक आदमी किसी की हत्या कर देता है। हत्या करने के बाद पता चलता है कि जिसकी हत्या की गयी उसका धर्म और हत्या करने वाले का धर्म एक ही है। यह जानकारी मिलने पर हत्यारा कहता है, " 'मिस्टेक' हो गयी।"

'मिस्टेक' आजकल भी हो जाती है और इसी 'मिस्टेक' को ठीक करने के लिए अलग-अलग धर्मों के 'सच्चे और ईमानदार' लोगों का एक डेलीगेशन ऊपर गया।

उन्होंने ऊपरवाले से कहा, "तू सब जानता है। तू सब कर सकता है। तू सबका स्वामी है। तू हमारी सहायता कर।"

ऊपरवाले ने कहा, "क्या चाहते हो?"

नीचेवालों ने कहा, "आपको तो सबके दिल का हाल मालूम है। क्या आप यह नहीं बता सकते कि हम आपके पास क्यों आये हैं?"

ऊपरवाले ने कहा, "तुम लोगों के दिल का हाल मैं नहीं जानता। वह केवल शैतान जानता है। तो तुम मुझे बताओ कि क्या चाहते हो?"

नीचेवालों ने कहा, "हम चाहते हैं कि हमें आदमी को मारने से पहले उसका धर्म पता चल जाये। आपसे विनती है कि कुछ ऐसा कर दें।"

ऊपरवाले ने कहा, "ठीक है जाओ, तुम्हारी इच्छा पूरी होगी।"

ऊपरवाले का करना कुछ ऐसा हुआ कि अब जो बच्चे पैदा होते हैं उनके माथे पर उनका धर्म लिखा होता है। पैदा हुए बच्चे को अगर किसी दूसरे धर्म का प्रतीक दिखा दिया जाता है तो वह चीखने और चिल्लाने लगता है। अपने धर्म का झंडा देख लेता है तो किलकारी मारने लगता है। बच्चे पहला शब्द 'माँ' नहीं बोलते, गाली सीखते हैं। उनके हाथ खिलौनों की तरफ़ नहीं, हथियारों की तरफ़ जाते हैं। उनकी आँखों में घृणा और बदला लेने की भावना के अलावा कोई और भावना नहीं दिखाई पड़ती।

ऐसे 'धर्मप्रेमी' लोगों को देखने एक दिन मंटो नरक से धरती पर आ गये। उन्होंने कहा, ''कहानी तो मैं अब लिखूँगा।'' मंटो कहानी लिख ही रहे थे कि किसी ने चाकू घोंप कर उन्हें मार डाला और बोला, '' 'मिस्टेक' नहीं हुई।''

•

दलित के द्वारे

नेताजी दलित के घर भोजन करने गये। उनकी एक करोड़ की कार दलित के घर के सामने रुक गयी और फिर उनकी गाड़ी के पीछे जो 50-50 लाख की गाड़ियाँ थीं वे भी रुक गयीं। दलित घर के बाहर खड़ा था। उसके पैर काँप रहे थे। उसका दिल धड़क रहा था। उसकी गर्दन झुकी हुई थी। जनता नेताजी की जय-जयकार कर रही थी। नेताजी ने हाथ जोड़कर दलित को नमस्कार किया और आगे बढ़कर दलित के गले में फूलों की एक भारी माला डाल दी। इस भारी माला से दलित का सिर और झुक गया।

दलित नेताजी को लेकर घर के अन्दर आया। खाना लगा हुआ था। नेताजी और दलित खाना खाने बैठ गये। दलित ने इतना अच्छा खाना कभी नहीं खाया था। खाना शुरू होते ही पत्रकार और मीडिया के लोग अन्दर आ गये। कैमरे चलने लगे और रिकॉर्डिंग होने लगी। फ्लैश चमकने लगे। पत्रकार और मीडिया के लोग भी खाने पर टूट पड़े। दलित को लगा, कहीं खाना कम न पड़ जाये। पर खाना कम नहीं पड़ा।

खाने के बाद पत्रकारों ने नेताजी से कुछ मज़ेदार सवाल पूछे। नेताजी ने मज़ा ले-लेकर मज़ेदार सवालों का मज़ेदार जवाब दिया। दलित से भी कुछ पूछा गया, लेकिन वह जवाब न दे सका, क्योंकि उसका पेट गले तक भरा था और आवाज़ नहीं निकल

रही थी। पत्रकार उसे छोड़कर फिर नेताजी के पास आ गये और नेताजी ने फिर मज़ेदार बातें शुरू कर दीं।

नेताजी के जाने के बाद दलित पिघलने लगा। वह बर्फ़ की तरह गलने लगा। धीरे-धीरे बहने लगा। फिर वह गायब हो गया। अब दलित केवल उस फ़ोटो में था जो नेताजी के साथ खींची गयी थी।

•

पानी-पानी

[1]

कुछ अनजाने कारणों से देश का पानी बदल गया है। इसमें तेज़ाब के गुण पैदा हो गये हैं। लोग राहगीरों, मेहमानों, दोस्तों, संबंधियों को यही पानी पिलाते हैं और यह पानी पीकर लोगों में एक नये प्रकार की ऊर्जा आ जाती है। वे प्रसन्न होकर एक-दूसरे से लिपट जाते हैं और फिर उनमें से केवल एक ही ज़िन्दा बचता है।

[2]

हमारे प्यारे देशवासी लम्बे समय से यह इच्छा रखते थे कि उनकी एक-दूसरे से घृणा करने की ताकत बढ़े। उन्होंने इस संबंध में बहुत कोशिशें की थीं। अब उनका काम इस पानी ने आसान कर दिया है। यह पानी पीने के बाद और कुछ पिये बिना घृणा इतनी बढ़ जाती है कि हर आदमी एक-दूसरे से घृणा करने लगता है।

[3]

यह पानी पीकर लोग अतीत को अच्छी तरह देख और समझ पाते हैं। सैकड़ों साल का इतिहास उनकी आँखों के सामने आ जाता है और वे उत्तेजित हो जाते हैं। घृणा और बदला लेने की भावना इतनी बढ़ जाती है कि वे आदमी-तो-आदमी ईंट-पत्थर को भी नहीं छोड़ते।

[4]

इस पानी ने उनके दिमाग पर बड़ा सार्थक प्रभाव डाला है। वे बिना पढ़े-लिखे विद्वान हो गये हैं। अब उन्हें कोई पढ़ा-लिखा या समझा-बुझा नहीं सकता। उन्हें सबसे बड़ा ज्ञान—घृणा ज्ञान मिल गया है। अध्यापक उनके सामने आने से डरते हैं। किताबें इधर-उधर छिप जाती हैं। उन्हें तो अब भाषा की कोई ज़रूरत नहीं है। भाषा कहीं मिल भी जाती है तो डंडे मारकर उसका वध कर देते हैं।

[5]

नये पानी के कारण उनके अन्दर साहस और वीरता भर गयी है। वे इतने वीर हो गये हैं कि संसार में कोई उनके बराबर नहीं है। वे बड़ी-से-बड़ी सेना को हरा सकते हैं। पूरा विश्व जीत सकते हैं। शक्तिशाली मिसाइलों, एटम बम और युद्धपोतों से किसी भी देश को ध्वस्त कर सकते हैं। पर पहले वे अपनी वीरता का प्रयोग पड़ोसियों पर ही कर रहे हैं।

[6]

नये पानी से उनके दिमाग रोशन हो गये हैं। उन्हें प्रमाणों की कोई आवश्यकता नहीं है। क्योंकि वे सच्चाई को अपनी आँखों से देख लेते हैं और उन्हें पूरा विश्वास हो जाता है कि सत्य क्या है। उनकी इस योग्यता ने जजों और अदालतों के काम को बहुत सरल बना दिया है। मतलब यह कि अदालतों और न्यायालयों में ताला लग गया है।

अब सारे फ़ैसले सड़क पर ही हो जाते हैं।

[7]

यह पानी पीकर उनका ज्ञान इतना बढ़ गया है कि वे शब्दों को उनका सही अर्थ दे रहे हैं। उनका यह विश्वास है कि शब्दों को जो अर्थ दिये गये थे, वे गलत थे। जैसे उन्होंने आदमी शब्द का अर्थ बदल दिया है। अब वे आदमी को जादमी कहने लगे हैं और मानते हैं कि आदमी में जानवर का भी एक रूप है।

•

कुत्ता प्रेम

शाम का समय था। मैं बाज़ार से गुज़र रहा था। एक दुकान के सामने एक बहुत मॉर्डन-सी लड़की सड़क छाप कुत्ते का सिर सहलाती हुई दिखाई दी। लड़की ने बहुत महँगे और आधुनिक कपड़े पहन रखे थे। लगता था वह बहुत पैसेवाली है। कुत्ते का सिर सहलाते-सहलाते लड़की कुत्ते के पास बैठ गयी और बहुत प्यार से उसके ऊपर हाथ फेरने लगी। लड़की के चेहरे पर स्नेह और प्रेम के ऐसे भाव थे कि मैं बहुत प्रभावित हो गया। उस वक्त और अधिक प्रभावित हुआ, जब लड़की ने कुत्ते के लिए दुकान से एक सेंडविच खरीदा और कुत्ते को खिलाने लगी। कुत्ता दुम हिलाने लगा। उसके सेंडविच खाने की चपड़-चपड़ आवाज़ पर लड़की फ़िदा हुई जा रही थी। सेंडविच खिलाने के बाद लड़की कुत्ते के लिए पानी लायी।

मैं अपना काम-धंधा छोड़कर यह सब देख रहा था और लड़की तथा कुत्ते के प्रति प्रेम भाव से सराबोर हो रहा था। काफ़ी देर तक कुत्ते के साथ प्यार-दुलार करने के बाद लड़की कुत्ते को छोड़कर चली गयी।

वह कुत्ता सड़क के किनारे बैठ गया। मैं उधर से रोज़ गुज़रता था और जानता था कि यह आवारा कुत्ता है। मतलब यह कि कुत्ते का कोई मालिक नहीं है। मैंने सोचा कि शायद लड़की को यह बात नहीं मालूम कि यह आवारा कुत्ता है और इसका कोई मालिक नहीं है। अगर लड़की को यह मालूम होता तो वह शायद कुत्ते को अपने घर ले जाती। यह सब सोचकर एक दिन मैंने आवारा कुत्ते के गले

में एक कीमती पट्टा बाँधा। पट्टे से एक कीमती डोर बाँधी। कुत्ते को जितना हो सकता था साफ़-सुथरा किया और उसे लेकर लड़की के फ़्लैट पर पहुँच गया। मैंने घंटी बजायी लड़की ने दरवाज़ा खोला। हैरानी से कुत्ते को और मुझे देखा। मुझे न सही तो कुत्ते को ज़रूर ही पहचान गयी होगी, लेकिन उसके चेहरे पर कोई पहचानने का भाव न था।

बोली, "क्या बात है?"

मैंने कहा, "कुत्ता...इसका कोई अच्छा-सा नाम रख लीजियेगा।

लड़की ने कहा, "क्या मतलब...।"

मैंने कहा, "ये आवारा कुत्ता है, इसका कोई मालिक नहीं है। आप इसे पाल सकती हैं।"

लड़की बोली, "आप ही इसे क्यों नहीं पालते?"

यह कहकर उसने दरवाज़ा बन्द कर दिया।

मैंने कुत्ते के गले से पट्टा खोलकर अपनी गर्दन में बाँध लिया और कुत्ता मुझे लेकर आगे चलने लगा।

•

खतरा

एक देश की सीमाओं पर बड़ा खतरा था। चारों तरफ़ से शत्रुओं ने घेर रखा था। देश की सेना को सीमाओं पर भेजा गया। सेना ने बड़ी बहादुरी से दुश्मनों का सामना किया। उनको हरा दिया और दूर तक खदेड़ दिया। दुश्मन को पराजित करने के बाद सेना जब देश को लौटी तो सेना ने देखा कि देश में कोई नहीं है। सेना को बड़ा आश्चर्य हुआ कि देशवासी कहाँ चले गये, जिनके लिए उन्होंने बड़े-बड़े युद्ध लड़े थे। खोजते-खोजते सेना को दो देशवासी मिले जो आपस में एक-दूसरे से खूनी लड़ाई लड़ रहे थे। सेना ने उनको अलग किया और पूछा, "तुम लोग क्यों लड़ रहे हो?"

उन्होंने कहा, "हम दोनों एक-दूसरे के दुश्मन हैं। उस समय तक लड़ते रहेंगे जब तक ज़िन्दा हैं।"

सेना ने कहा, "बाकी लोग कहाँ चले गये?"

उन्होंने बताया, "बाकी लोग भी एक-दूसरे के खून के प्यासे थे। वे आपस में लड़ते रहे, लड़ते रहे, लड़ते रहे और सब लड़ते-लड़ते मर गये।

इतना कहकर वे दोनों फिर लड़ने लगे।

•

फ़ैसला

वकील, मी लार्ड सारे सबूत इसके खिलाफ़ जाते हैं। गवाहों के बयान भी इसे अपराधी साबित करते हैं। इसने हत्या जैसा जघन्य अपराध किया है। यह समाज का कलंक है। इंसानियत के ऊपर धब्बा है। इसने पूरे समाज को, पूरी मानवता को कलंकित किया है। यह कातिल है। इसे सजा दी जाये। फ़ैसला सुनाइये मी लार्ड।

जज, ''पहले यह बताओ कि यह हिन्दू है या मुसलमान?''

•

दवा

"कल मेरे भाई के साथ बहुत मारपीट की गयी। वह बुरी तरह ज़ख्मी हो गया। अस्पताल में दाखिल है। उसकी पत्नी के साथ भी बड़ा अभद्र व्यवहार किया गया।"

—"देखो, ये छोटी-छोटी बातें हैं। इतना बड़ा देश है। ऐसी घटनाएँ तो घटती रहती हैं। तुम क्यों परेशान हो। इन घटनाओं को भूल जाना चाहिए। इससे माहौल खराब होता है। जो कुछ हुआ उसे भूल जाओ। इन बातों पर ध्यान न दिया करो।"

—"फिर किस पर ध्यान दिया करूँ?"

—"बड़ी-बड़ी बातों के बारे में सोचा करो। अच्छी बातों पर ध्यान दिया करो। जैसे, देखो देश कितनी तरक्की कर रहा है। हम चाँद से आगे पहुँच गये। देश में स्मार्ट सिटी बन रही हैं। पचासों सात सितारा होटल बन रहे हैं।"

—"आप ठीक कहते हैं, अब इन्हीं बातों पर ध्यान दिया करूँगा।"

—"अरे बदमाश तूने मेरा पैर क्यों कुचल दिया?"

—"कहाँ?"

—"अभी, देख कितनी ज़ोर से कुचला है। खून निकल रहा है।"

—"आप छोटी बात पर ध्यान दे रहे हैं।"

—"छोटी बात, क्या बकता है। मेरा पैर घायल हो गया, दर्द से तड़प रहा हूँ। तू इसे छोटी बात कहता है।"

—"वह देखिए, सामने सात सितारा होटल।"

—"अबे मैं दर्द से मरा जा रहा हूँ और तू मुझे सात सितारा होटल दिखा रहा है।"

—"फिर क्या करूँ?"

—"मेरे लिए कोई दवा ले आ।"

—"दवा तो आपके पास है।"

—"क्या दवा है?"

—"वही दवा, जो कुछ देर पहले आपने मुझे दी थी।"

•

लोकतंत्र का मंत्र

सब कुछ बहुत सुंदर था। बहुत शानदार था। बहुत भव्य था। बहुत दर्शनीय था। फ़ाइव स्टार रिज़ॉर्ट में किसी तरह की कोई तकलीफ़ न थी। हर सेकेंड पर जनप्रतिनिधियों का ध्यान रखा जा रहा था। यह माना जा रहा था कि घर से इतनी दूर एकांत में जनप्रतिनिधि दरअसल तपस्या कर रहे हैं और इस तपस्या का फल पार्टी को अवश्य ही मिलेगा। जनप्रतिनिधियों पर विरोधियों की निगाह उसी प्रकार गड़ी हुई थी जिस तरह शिकार पर शेर की निगाह गड़ी होती है। विरोधी दल ने जनप्रतिनिधियों को तोड़ने के लिए इतना ज़्यादा पैसा ऑफ़र कर दिया था कि जनप्रतिनिधियों के पैर लड़खड़ा गये थे और डर था कि वे कहीं टूट न जायें। उनके पैरों को साबुत बनाये रखने के लिए यहाँ लाया गया था कि शेर की निगाह से बचे रहें। फिर भी यह डर था कि कहीं जनप्रतिनिधियों को लेकर विरोधी हवा न हो जायें। इसलिए जनप्रतिनिधियों की सुरक्षा का भी पूरा ध्यान रखा जा रहा था। प्रत्येक प्रतिनिधि के पीछे एक आदमी लगा दिया गया था। सीसीटीवी बाथरूम तक में लगा दिये गये थे और दिल्ली में हाईकमान को यह पता चल रहा था कि जनप्रतिनिधि दाहिने हाथ का 'प्रयोग' करते हैं या बाएँ हाथ का।

इतनी कड़ी व्यवस्था होने के बाद भी एक रात एक प्रतिनिधि गायब हो गया। अगले दिन सुबह जब गिनती हुई तो एक प्रतिनिधि कम पाया गया। हाहाकार मच गया। खतरे की घंटियाँ बजने लगीं। जागते रहो, जागते रहो, पकड़ो, पकड़ो के नारे लगने लगे। दिल्ली

से हाईकमान ने सख़्ती से पूछा, क्या मामला है? ''क्या कमी है जो एक प्रतिनिधि रात में भाग गया?'' अन्य प्रतिनिधियों से पूछने पर पता चला कि दरअसल प्रतिनिधि उस खाने से परेशान हैं जो उन्हें यहाँ दिया जा रहा है। वे अपने प्रदेश का खाना खाना चाहते हैं। बस इतना पता चलना था कि चार्टर्ड प्लेन से रसोइयों की पूरी टीम और खाने का सामान, मसाले, बर्तन और पता नहीं क्या-क्या रिज़ॉर्ट पहुँच गया।

जनप्रतिनिधियों को उनके प्रदेश का स्वादिष्ट खाना मिलने लगा। वे बहुत प्रसन्न हो गये। उनकी खुराक बढ़ गयी। शरीर में खून की मात्रा बढ़ गयी। शरीर में ज़्यादा ताकत आ गयी। उन्हें अँगड़ाइयाँ आने लगीं। वे हवा में मुक्के चलाने लगे। यह सब देखकर हाईकमान बहुत खुश था। लेकिन एक रात फिर दुखद घटना घट गयी। मतलब एक प्रतिनिधि गायब हो गया। यह तो बहुत अधिक चिंता की बात थी। हाईकमान बहुत अधिक परेशान हो गया। उसने कहा कि अब बताया जाये कि प्रतिनिधियों को किस बात की कमी है। काफ़ी खोजबीन के बाद पता चला कि जनप्रतिनिधि अच्छा खाने और पीने के बाद अब दूसरी एक बड़ी प्राकृतिक आवश्यकता मतलब सेक्स को 'मिस' कर रहे हैं। हाईकमान ने आदेश दिया कि फ़ौरन जनप्रतिनिधियों की पत्नियों को रिज़ॉर्ट भेज दिया जाये। चार-चार बच्चों की माताएँ, अधेड़ उम्र, मोटी ताज़ी जनप्रतिनिधियों की पत्नियाँ जब रिज़ॉर्ट पहुँचीं तो उन्हें देखकर जनप्रतिनिधि गुस्से से पागल हो गये और लगभग विद्रोह जैसा कर दिया। तब हाईकमान की समझ में बात आयी और हाईकमान ने पत्नियों को वापस भेज कर विदेशों से अप्सराएँ मँगाईं और जनप्रतिनिधियों को सौंप दीं। तब कहीं जाकर शांति स्थापित हुई।

कुछ दिन तक तो सब ठीक ठाक चलता रहा लेकिन एक दिन फिर पता चला कि एक प्रतिनिधि गायब हो गया है। यह तो बहुत गम्भीर मामला था, इसलिए हाईकमान ने एक बड़ी सिक्योरिटी

कम्पनी को 'हायर' किया। उस कम्पनी ने कहा कि प्रतिनिधि भाग न जाये इसलिए हर प्रतिनिधि के एक 'माइक्रोचिप' लगवाना चाहिए। प्रतिनिधियों को जब यह बताया गया कि उनको माइक्रोचिप लगाया जायेगा तो वे घबरा गये। उन्हें यह पता न था कि माइक्रोचिप क्या होता है। उन्हें समझाया गया कि यह एक इलेक्ट्रॉनिक ज़ंजीर होती है। यदि वे भागने की कोशिश करेंगे तो उन्हें 'शॉक' लगेगा और वे भाग नहीं पायेंगे। जनप्रतिनिधियों ने कहा कि माइक्रोचिप उनके शरीर में ऐसी जगह लगाया जाये जिसे वे भी न देख सकें। उनकी बात मान ली गयी और सबकी तशरीफ़ों में एक-एक माइक्रोचिप लगा दिया गया।

कुछ दिन बाद अखबार में छपी एक खबर ने हाईकमान की नींद उड़ा दी। रिज़ॉर्ट से किसी पत्रकार ने यह खबर भेजी थी कि चार जनप्रतिनिधि गायब हो गये हैं। माइक्रोचिप लगाने के बाद भी जनप्रतिनिधि कैसे गायब हो गये यह बात खुल नहीं सकी। बाद में पता चला कि माइक्रोचिप 'डीएक्टिवेट' भी हो जाता है। बहरहाल हाईकमान की चिंताएँ बढ़ती चली गयीं। वह तारीख पास आ रही थी जब 'परीक्षा' होनी थी। हाईकमान ने कहा, "अगर इसी तरह जनप्रतिनिधि भागते रहे तो हमारी हार निश्चित है।"

हाईकमान ने सोचा कि जब और कोई सहारा नहीं रहता तो अध्यात्म से बल मिलता है। क्यों न किसी आध्यात्मिक गुरु से बात की जाये। खोजते-खोजते उन्हें एक ऐसा चमत्कारी बाबा मिला जिसने यह दावा किया कि वह जनप्रतिनिधियों को पाला बदलने से रोक सकता है। जब उससे पूछा गया कि वह ऐसा किस प्रकार करेगा तब उसने कहा कि वह जनप्रतिनिधियों का रूप बदल देगा। मतलब जनप्रतिनिधि कुछ और बन जायेंगे, जैसे बकरी बन जायेंगे या खरगोश बन जायेंगे। और समय आने पर उन्हें फिर जनप्रतिनिधि बना दिया जायेगा। यह बात हाईकमान को बहुत पसंद आयी और

चमत्कारी बाबा को रिज़ॉर्ट पहुँचाया गया।

रिज़ॉर्ट में उस समय जनप्रतिनिधि और कुछ पत्रकार डाइनिंग हॉल में खाना खा रहे थे। उन्हें देखकर बाबा ने कहा कि इन लोगों को तो केवल कुत्ता बनाया जा सकता है। अगर आप कहें तो हम एक मंत्र द्वारा इन्हें कुत्ता बना सकते हैं और जब वोट देने का समय आयेगा तब फिर इन्हें जनप्रतिनिधि बना दिया जायेगा। हाईकमान ने कहा कि ठीक है, इनको आप कुत्ता बना दीजिए। बाबा ने मंत्र पढ़ा और सभी जनप्रतिनिधि कुत्ता बन गये, लेकिन पत्रकार कुत्ता नहीं बने। हाईकमान ने बाबा से पूछा कि मंत्र का प्रभाव पत्रकारों पर क्यों नहीं पड़ा तो बाबा ने कहा, ''मंत्र आदमी को कुत्ता बनाता है, कुत्ते को कुत्ता नहीं बनाता।''

कुत्तों की देखभाल करना आसान था। हाईकमान ने उन्हें एक बाड़े में बंद कर दिया। उनके खाने-पीने का पूरा ध्यान रखा गया था। कुछ दिनों बाद जब वोट देने का समय आया और यह ज़रूरत पड़ी कि कुत्तों को फिर जनप्रतिनिधि बनाया जाये तो बाबा को ढूँढ़ा गया जिसने मंत्र पढ़कर उन्हें कुत्ता बनाया था। बाबा अपने घर पर नहीं मिला, बाबा मोहल्ले में नहीं मिला, शहर नें नहीं मिला, कहीं नहीं मिला। बहुत तलाश की गयी लेकिन बाबा का कोई पता न चला और लोकतंत्र का दुर्भाग्य कि जनप्रतिनिधि कुत्ते के कुत्ते रह गये।

•

उत्तेजना

सिर्फ़ लाश मिली। कोई सुबूत नहीं था। सैकड़ों लोग देख रहे थे पर उनकी आँखें न थीं। पुलिस ने लाश को ज़ब्त कर लिया। लाश घरवालों को नहीं दी जायेगी क्योंकि उससे उत्तेजना फैल सकती है।

पुलिस को चारों तरफ़ सिर्फ़ उत्तेजना दिखाई दी, केवल उत्तेजना।

•

लुटेरा

वह धीरे-धीरे चलता हुआ मेरे पास आया। उसके होंठों पर मुस्कुराहट थी लेकिन उसकी आँखें अंगारे की तरह दिख रही थीं।

उसने कहा—''मैं लुटेरा हूँ।''

उसके हाथ खाली थे लेकिन मैंने उसके हाथों में सभी तरह के हथियार देखे। मैं डर गया।

मैंने कहा—''मेरी घड़ी, मोबाइल और पर्स ले लो।''

उसने कहा—''नहीं, मैं घड़ी, मोबाइल और पर्स नहीं लेता।''

मैंने कहा—''मेरा क्रेडिट कार्ड ले लो।''

उसने कहा—''नहीं, क्रेडिट कार्ड भी मैं नहीं लेता।''

मैंने कहा—''मेरी गाड़ी ले लो।''

उसने कहा—''नहीं, गाड़ी भी मैं नहीं लेता।''

मैंने कहा—''फिर तुम क्या लूटते हो? तुम्हें क्या चाहिए? तुम किस तरह मेरा पीछा छोड़ोगे?''

उसने कहा—''मुझे तुम्हारी बुद्धि चाहिए। तुम्हारी अक्ल चाहिए। तुम्हारी समझदारी चाहिए। मैं जो चाहूँ वही तुम्हारी सोच बन जाये। वही तुम्हारे विचार बन जायें। मैं तुमसे कहूँ कि मैं भगवान हूँ तो मान लो।

फिर उसने मेरी बुद्धि लूटी और लेकर चला गया। मैंने उसे भगवान मान लिया।

•

भगवान की अंतिम आरामगाह

भगवान का कोई भी नाम हो सकता है, लेकिन उनका नाम भगवान है। तो भगवान जज के सामने खड़े हैं।

जज—"तुम पर आरोप है कि तुम लोगों का भेजा खा गये हो।"

भगवान—"भेजा खाना कोई अपराध नहीं है।"

जज—"भेजा खाना तो सबसे बड़ा अपराध है।"

भगवान—"क्यों? कैसे?"

जज—"मैं तुम्हें बताता हूँ..."

भगवान—"मैं भगवान हूँ...मैं भगवान हूँ कुछ भी कर सकता हूँ।"

जज—"मैं जज हूँ, मैं सब कुछ नहीं कर सकता, लेकिन तुम्हें सज़ा दे सकता हूँ क्योंकि तुम अपराधी हो।"

भगवान—"मैं अपराधी नहीं हूँ। भेजा खाना अपराध नहीं है।"

जज—"ये बहुत बड़ा अपराध है, तुमने करोड़ों लोगों का भेजा खाया है। उनकी बुद्धि हर ली है। उनका दिमाग खा गये हो।"

भगवान—"तो उससे क्या होता है?"

जज—"करोड़ों लोगों को तुमने अपना दास बना लिया है। दास बनाकर तुम उनका जीवन खा गये हो। और जीवन को खाने से बड़ा अपराध क्या हो सकता है। मैं तुम्हें आजन्म कारावास की सज़ा देता हूँ।"

भगवान—"नहीं-नहीं, ये मत करो। मतलब मैं जब तक जीवित हूँ, अनन्तकाल तक मैं जेल में बंद रहूँगा।"

जज—"हाँ, तुम इसी के योग्य हो। तुम जीवन भर एक ऐसी कोठरी में बंद रहोगे जिसमें नकली दरवाज़ा होगा, न कोई खिड़की, न कोई रोशनदान। उसके अन्दर से हवा न बाहर आ सकेगी और न बाहर की हवा अन्दर जा सकेगी।"

भगवान के कोठरी में बंद होते ही मेरी अक्ल, बुद्धि, दिमाग अपनी जगह पर वापस आ गया।

•

राजन की चिंताएँ

[1]

राजन—"राजगुरु हम बहुत परेशान हैं।"

राजगुरु—"क्यों राजन?"

राजन—"हत्याएँ बहुत हो रही हैं।"

राजगुरु—"राजन क्या आप चाहते हैं कि हत्याएँ न हों।"

राजन—"नहीं राजगुरु!"

राजगुरु—"फिर आप क्या चाहते हैं राजन?"

राजन—"हत्याओं की चर्चा न हो।"

[2]

राजन—''राजगुरु हम बहुत परेशान हैं।''

राजगुरु—''क्यों राजन, क्या बात है?''

राजन—''हमारे राज में बेरोज़गारी बहुत बढ़ गयी है।''

राजगुरु—''तो क्या राजन चाहते हैं बेरोज़गारी खत्म हो जाये।''

राजन—''नहीं, हम नहीं चाहते हैं।''

राजगुरु—''तो राजन क्या चाहते हैं?''

राजन—''बेरोज़गारी की चर्चा न हो।''

[3]

राजन—"हम बहुत परेशान हैं राजगुरु।"

राजगुरु—"क्यों राजन क्या बात है?"

राजन—"राज्य में महँगाई बहुत बढ़ गयी है। राज्य के साहूकार बड़ा मुनाफ़ा कमा रहे हैं।"

राजगुरु—"तो राजन आप चाहते हैं कि बड़े साहूकार बड़ा मुनाफ़ा न कमाएँ।"

राजन—"नहीं-नहीं! राजगुरु हम चाहते हैं कि साहूकार बड़ा मुनाफ़ा कमाएँ।"

राजगुरु—"हे राजन फिर समस्या क्या है?"

राजन—"समस्या यह है कि लोग इसे समझ रहे हैं।"

[4]

राजन—"राजगुरु हम बहुत परेशान हैं।"

राजगुरु—"क्यों राजन क्या बात है?"

राजन—"हम इतिहास में अमर हो जाना चाहते हैं राजगुरु।"

राजगुरु—"वह तो आप हो ही गये हैं राजन!"

राजन—"हमें लगता है राजगुरु, अभी इतिहास में हमें जगह नहीं मिली है।"

राजगुरु—"क्यों राजन ऐसा क्यों लगता है?"

राजन—"इतिहास में भीड़ बहुत है। सारी जगहें भर गयी हैं। कोई सीट खाली नहीं है।"

राजगुरु—"एक रास्ता है राजन।"

राजन—"क्या?"

राजगुरु—"इतिहास में जो लोग जमे बैठे हैं उन्हें वहाँ से हटाया जाये।"

राजन—"पर यह कैसे किया जायेगा राजगुरु?"

राजगुरु—"यह तो बहुत सरल काम है राजन।"

राजन—"कैसे?"

राजगुरु—"हमें कुछ चोरों की आवश्यकता पड़ेगी राजन।"

राजन—"चोरों की? चोर क्या करेंगे?"

राजगुरु—"चोर ही सब कुछ करेंगे राजन।"

राजन—"क्या?"

राजगुरु—''इतिहास में जो लोग जमे बैठे हैं उनकी कोई प्रिय चीज़ लेकर कोई चोर भागेगा।''

राजन—''क्या चीज़?''

राजगुरु—''जैसे चश्मा या चरखा या वास्कट या चूड़ीदार पाजामा...चोर लेकर भागेगा।''

राजन—''तो उससे क्या होगा?''

राजगुरु—''निश्चित रूप से वे चोर का पीछा करेंगे।''

राजन—''फिर?''

राजगुरु—''फिर उनकी कुर्सियाँ खाली हो जायेंगी, जिन पर आप आराम से बैठ जायेंगे।''

[5]

राजन—"हमें कुछ शब्द पसंद नहीं हैं राजगुरु।"

राजगुरु—"कौन से शब्द राजन।"

राजन—"गरीबी, बेरोज़गारी, भुखमरी, विरोध, शिक्षा ये सब हमें पसंद नहीं। इनका क्या किया जाना चाहिए?"

राजगुरु—"मेरे विचार से इनकी हत्या कर देनी चाहिए।"

राजन—"बहुत सही कह रहे हो राजगुरु। लेकिन कैसे?"

राजगुरु—"मैं एक-एक शब्द को पकड़ कर लाता हूँ। आप उसे गोली मारते चले जाइए।"

राजन—"हाँ, ठीक है, सबसे पहले गरीबी को लाओ।"

गरीबी को गोली मार दी गयी। बेरोज़गारी को गोली मार दी गयी। विरोध को गोली मार दी गयी। गोली मारते-मारते राजन का निशाना चूक गया। एक गोली राजगुरु को लगी। राजगुरु मर गये और जिन शब्दों की हत्या की गयी थी वे सभी जीवित हो गये।

(मध्यकाल में लिखी गयी एक पुस्तक के कुछ कटे-फटे पुराने पन्नों पर ये कहानियाँ लिखी हुई थीं। किताब खो गयी है। मैंने अपनी याददाश्त टेबल पर उन कहानियों को फिर से लिखने की कोशिश की है। अगर कोई गलती रह गयी हो तो माफ़ किया जाये।)

•

स्वार्थ का फाटक

—"हिंसा का रास्ता कहाँ से शुरू होता है?"
—"जहाँ से बातचीत का रास्ता बंद हो जाता है।"
—"बातचीत का रास्ता कहाँ से बंद होता है?"
—"जहाँ स्वार्थ का फाटक खुला होता है।"

—"धरती पर गरीब रहते हैं।"
—"धरती के नीचे अपार सम्पदा है।"
—"गरीब को हटाओ।"
—"गरीब विरोध करेगा।"
—"विरोध दबाओ।"
—"हिंसा फूट पड़ेगी।"
—"हिंसा का उत्तर हिंसा से दो।"
—"हिंसा बढ़ेगी।"
—"चिंता मत करो।"
—"जो बड़ी हिंसा होगी वह जीतेगी।"
—"संसार यही झेलता है।"
—"पेट की आग को।"
—"हिंसा की आग से दबाता है।"
—"स्वार्थ की पताका लहराता है।"

—"हिंसा भड़काता है।"

—"हिंसा अंधी है।"

—"सबको अंधा बनाती है।"

—"आदमी को संख्या बनाती है।"

•

जानवर और आदमी

—''हम लगातार असभ्य होते जा रहे हैं।''

—''अंधकार युग था, जब आदमी को जानवर से बेहतर मानते थे।''

—''एक समय आया, जब आदमी और जानवर को बराबर मानने लगे।''

—''और अब हम जानवर को आदमी से श्रेष्ठ मानते हैं।''

—''हमारी धारणा बनाने में जानवरों का कोई योगदान नहीं है।''

—''यह विश्वास कि जानवर आदमी से श्रेष्ठ है, हमने अर्जित किया है।''

—''कैसे ?''

—''क्योंकि आजकल जानवर को आदमी नहीं, बल्कि जानवर आदमी को पाल रहा है।''

•

राजा और सेना

—राजा ने सेना से कहा, ‘‘मेरे भाई को मार डालो, वह मेरी राजगद्दी छीनना चाहता है।’’

—सेना ने राजा के भाई को मार डाला।

—राजा ने सेना से कहा, ‘‘मेरे पुत्र को मार डालो। वह मेरी राजगद्दी छीनना चाहता है।’’

—सेना ने राजा के पुत्र को मार डाला।

—राजा ने कहा, ‘‘हमारे प्रधानमंत्री को मार डालो, वह भी हमारे खिलाफ़ षड्यंत्र कर रहा है।’’

—सेना ने प्रधानमंत्री को भी मार डाला।

—राजा ने कहा, ‘‘हमारे विरोधी हमारा विरोध कर रहे हैं, उन्हें मार डालो।’’

—सेना ने राजा के विरोधियों को भी मार डाला।

—राजा ने सेना से कहा, ‘‘जनता हमारा विरोध कर रही है। जनता को मार डालो।’’

—सेना ने कहा, ‘‘हम जनता को नहीं मार सकते।’’

—राजा ने कहा, ‘‘क्यों? तुम्हारे पास जनता की संख्या से अधिक बड़ी तादाद में गोलियाँ हैं।’’

—सेना ने कहा, ‘‘ये ठीक है पर फिर भी हम जनता को नहीं मार सकते।’’

—राजा ने कहा, ‘‘क्यों?’’

—‘‘क्योंकि जनता को मारने के बाद न राजा, राजा रहेगा, न सेना, सेना रहेगी।’’

•

भीड़तंत्र

[1]

कहते हैं कानून अंधा होता है। पक्ष और विपक्ष को नहीं देखता, केवल न्याय को देखता है। लेकिन जब से भीड़ अदालत बनी है तब से कानून अंधा नहीं रह गया। अब कानून चारों तरफ़ देखकर फ़ैसला करता है। कानून नाम पूछता है, जाति पूछता है, धर्म पूछता है, सम्प्रदाय पूछता है और भी कुछ छोटे-मोटे सवाल करता है। लेकिन फ़ैसला तुरंत कर देता है। क्योंकि वह जानता है कि फ़ैसला जल्दी न किया गया तो न हो पायेगा। फ़ैसले के बाद सज़ा देना भी कानून ने अपने हाथ में ले लिया है।

और इस तरह सरकार का काफ़ी पैसा बच रहा है जो पुलिस, हवालात, जेल, न्याय व्यवस्था में खर्च होता था।

[2]

मैं सरकारी दफ़्तर गया। अधिकारी जी से पूछा, ''मेरे केस का क्या हुआ?''

अधिकारी ने कहा—''मुझे नहीं मालूम।''

मैंने पूछा—''मेरी फ़ाइल कहाँ है?''

अधिकारी ने कहा—''मुझे नहीं मालूम।''

मैंने पूछा—''उस पर क्या फ़ैसला हुआ?''

अधिकारी ने कहा—''मुझे नहीं मालूम।''

मैंने पूछा—''अगर अभी फ़ैसला नहीं हुआ है तो कब तक होगा?''

अधिकारी ने कहा—''मुझे नहीं मालूम।''

मैंने तंग आकर पूछा—''आप यहाँ क्यों बैठे हैं?''

अधिकारी ने कहा—''मुझे नहीं मालूम।''

मैंने पूछा—''ये सब किसे मालूम है?''

उन्होंने खिड़की के बाहर इशारा किया जहाँ चार-पाँच सौ की भीड़ जमा थी और बहुत धीरे से कहा—''उन्हें।''

❑❑❑

www.ingramcontent.com/pod-product-compliance
Ingram Content Group UK Ltd.
Pitfield, Milton Keynes, MK11 3LW, UK
UKHW040042200726
13854UKWH00001B/496